상식이 결여된 카페

이 책은 일본의 가시와쇼보 주식회사가 운영하는 공식 웹진 '가시와모치'에서 2020년 6월부터 2021년 5월까지 연재된 《상식이 결여된 카페》를 가필·수정하고 다시 썼습니다. 덧붙여 등장인물은 모두 가명입니다. 프라이버시를 배려하여 에피소드의 세부 사항은 적절히 바꿔 썼습니다.

상식이 결여된 카페

보쿠노 마리 지음
김수정 옮김

마인드빌딩

OPEN

사람들의 마음을 흔드는 카페

어느 날은 정말 싫어하던 단골이 죽었다는 소식을 듣고 크게 웃음을 터뜨렸다. 나는 이런 구석이 있는 사람이다. 인터넷 뉴스에 나올 정도로 유명한 것 같았는데, 카페 손님으로서 그는 지금까지 잘도 살해당하지 않았네, 싶은 단골이었다. 그 정도로 우리 가게에서 모두가 혐오하는 인간이었다.

나는 자그마한 카페에서 일하고 있다. 이곳은 일하는 사람이 왕이자 법이다. 세상의 통념이 통하지 않는다. 싫어하는 손님이 오면 '어서 오세요', '감사합니다' 같은 인사조차 하지 않는다. '네네……'란 대꾸가 전부다. 다른 직원들도 마찬가지라 가게에서 '네네……'라는 응답만 들려온다. 이렇게 티 나게 건성이어도 되나 싶기도 하다. 이와 반대로 직원 모두에게 사랑받는 손님이 오면 등장만으로도 웃음소리가 흘러넘친다. 정말 인간미 넘치는 가게다.

이름을 모르는 단골은 별명을 붙여 부르는데, '모두에게 미움받는 부부', '이상한 사람'처럼 심플한 별명부터, '도시 전설', '재고 흡입 괴물' 등 특징을 살려 만든 별명까지 다양하다. 아메리카노가 보리차 색보다 연해질 때까지 찬물을 계속 부어 마시는 진상 아줌마는 '무한 아메리카노'라고 부른다. 보통은 너무 징글징글해서 상종도 하기 싫은데, 이렇게나마 별명을 붙이면 속이 뻥 뚫리는 기분이다. 물론 이런 안 좋은 별명뿐만 아니라 '너무 잘생긴 민머리 오빠', '평화 마을 촌장님'처럼 애정을 담은 별명도 있다. 사이좋은 어르신들을 보며 '백년지기'라고 우리끼리 속닥대기도 한다.

카페의 일상은 평범한 듯 보이지만, 상상도 못할 엽기적인 손님이 올 때도 있다. 하루는 카운터 자리에 앉은 중년 남성이 여러 아저씨 사진의 얼굴 부분만 따라서 그리고 있길래 그런 일을 하는 사람인 줄 알았는데, 자세히 보니 얼굴 아래로 여자의 나체가, 심지어

무릎을 세우고 다리를 활짝 벌리고 앉아 있는 해괴망측한 그림을 몇 장째 그리고 있었다. 엄청난 변태성에 소름이 잔뜩 돋은 채로 설거지하는데, 카운터 너머로 흘깃흘깃 내 쪽을 보는 시선이 느껴졌다. 그리고 있는 그림을 몰래 훔쳐보니, 다음 대상으로 까만 단발머리를 한 여자를 그리고 있었다. 그것은 분명 나였다. 눈치 못 챈 척 그림을 완성할 때까지 기다렸다가 슬쩍 다시 보니, 나도 헐벗은 채 같은 자세를 취하고 있었다. 젖꼭지를 형광 핑크로 칠할 때는 '그거 아니거든요'라고 말하고 싶은 것을 간신히 참았다. 내내 악몽을 꾸는 기분이었다.

업무 중 여유가 생겨 선배와 고양이 이야기를 나눈 적이 있다. 털이 나지 않는 고양이가 있다는 말에 스마트폰으로 검색해보니 '스핑크스'라는 품종의 고양이가 나왔다. 돈 많은 고양이 애호가가 키울 법했다. '이런 고양이는 얼마나 하려나?', '일본에서는 못 본 거 같아', '우와. 근데 좀 미라 같지 않아?'라며 한창 대화하고 있는데, 카운터에 앉아 있던 젊은 남자가 갑자기 몸을 들이밀며 '1,700엔!!!'이라고 소리쳤다. 다들 너무 놀라 할 말을 잃었는데, 그는 개의치 않고 '우에

노 국립과학박물관에서 하는 미라전 말하는 거죠? 입장료는 1,700엔이에요.'라며 의기양양한 얼굴로 설명을 덧붙였다. 그 덕에 우리는 배꼽 빠지게 웃었다. 그는 얼굴이 벌게지도록 미라 전시의 매력을 열정적으로 쏟아내고는 바람처럼 사라졌다.

서비스직이지만 무례한 사람이나 매너가 나쁜 사람에게는 보통 직접 주의를 준다. 빈 버블티 컵이나 테이크아웃 컵을 들고 왔다가 그대로 가게에 버리고 가는 사람이 있는데, 그럴 때면 흘깃 눈치를 주고는 계산할 때 그 쓰레기를 고스란히 되돌려준다. 대부분 민망한 웃음을 짓거나 일행끼리 무섭다고 쑥닥대는 반응을 보인다. 아무리 생각해도 비매너인 사람은 그쪽이지 않나? 어째서 가져온 쓰레기를 당연히 버려줘야 하는지 되레 묻고 싶다. 쓰레기를 의자 아래 보이지 않는 곳에 숨기고 가는 더 악질적인 사람도 있다. 그러면 가게 밖까지 쫓아가서 '물건 두고 가셨어요'라며 쓰레기를 내민다. '아, 됐어요.'라는 대답이 돌아오는데, 그거야 이미 알고 있으므로 '저희도 필요 없어요'라고 단호하게 거절한다. 참는 것이 능사는 아니다. 아닐 때는 아니라고 말할 수 있는 배짱이 필요하다.

손님이 가게를 거르듯이 우리 가게는 손님을 거른다. 불쾌하거나 도저히 용서가 안 되는 행동을 하는 손님에게는 '더 이상 우리 가게에 오지 마세요'라며 출입 금지령을 내린다. 그중엔 우리 부모님 세대보다 나이가 많은 사람들도 있다. 출입 금지령에 황당해하는 얼굴을 보고 있자면 살면서 한 번도 그 누구에게도 지적 받은 적이 없는 사람들 같다. '네가 뭔데', '손님은 왕이야'라며 도리어 더욱 성내는 이들도 있지만, 그때마다 논리로 때려준다. 우리에게는 좋은 공간을 만들기 위해 꼭 필요한 '가게로서의 자존심'이 있다.

일하는 사람의 기분을 상하게 한다면 손님 대접할 필요가 없다는 이념이 이 가게의 근간이다. 돈을 내니까 뭐든지 요구해도 괜찮다고 생각하는 사람이라면 절대 오지 않기를 바란다. 직원도 감정을 느낀다. 불합리한 클레임이나 지나친 억지에 귀 기울일 필요는 없다. 아니라고 느끼는 일에 계속해서 자신을 굽히면 나도 모르는 사이 존엄을 잃는다. 예전의 내가 그랬다. 수긍할 수 없는 일에 고개를 숙이고 아물지 않은 상처를 품은 채 일하다 보니, 마음이 무너져 내렸다. 자신을 죽여가며 일하는 곳이 사회라면 그런 곳에서 더는 숨 쉬며 살아가고 싶지 않았다. 하지만 지금은 전혀 다르다. 나의 감정을 온전히 소중하게 돌보며 강해졌고, 타인의 아픔에도 공감하게 되었다. 단단하고 강한 마음은 친절에서 비롯되는 법이다. 이 사실을 깨달은 지금은 내가 있을 곳을 찾은 것처럼 정말 행복하다.

날마다 다양한 손님과의 만남이 이어지는데, 분명 좋은 손님도 많다. 가게에 찾아와주는 것만으로도 마음이 밝아질 만큼 다정한 사람을 만나면 마음이 말랑말랑해진다. 그 사람의 표정, 말, 목소리, 행동을 나는 오랫동안 마음속에 간직한다. 설거지로 손끝이 다 부르트고 아무리 피곤해도 그들을 떠올리며 조금 더 힘내자고 마음을 다잡는다. 가게를 소중하게 여겨주는 사람에게 진심으로 보답하고 싶고, 그 사람이 가게에서 좋은 시간을 보내기를 바라기 때문이다. 부디 이곳이 위안을 주는 장소였으면 좋겠다. 그러기 위해서 우리는 오늘도 긍지를 갖고 일한다.

다들 서비스직의 '서비스'에 초점을 맞추느라, '직원'에게만 지나친 희생을 요구하고 있지는 않은지 돌아보았으면 좋겠다. 좋아하는 가게에 오래 다니고 싶다면 손님도 '좋은 손님'이 되어야 하지 않을까. 우리 모두 존중받아 마땅한 사람이기 때문이다. 나는 생판 모르는 남을 대하는 태도에서 그 사람의 본모습이 드러난다고 생각한다. 사람의 지위나 위치에 상관없이 어떤 사람이든 존중할 줄 알아야 훌륭한 손'님'이라 할 수 있다.

남들이 보기에 세상의 통념에서 한참 벗어난 카페일지도 모른다. 손님이랑 싸워도 되고 접객 매뉴얼도 없다. 일하다가 서로의 연애 이야기에 열을 올리기도 하고, 다른 사람을 보고 아무렇지 않게 웃음을 터뜨리기도 하고, 콧노래를 흥얼거리며 음식을 만들기도 한다. 이런 모습을 보고 눈살을 찌푸리는 사람도 있고, 어떻게 돼먹은 가게냐며 따지는 사람도 있다. 남들이 뭐라 하든 우리 가게 사람들은 사이가 매우 좋아 하나로 똘똘 뭉쳐 있으며, 무엇보다도 일을 일로 생각하지 않는다. 일하러 가기 싫다고 생각한 날이 지금까지 단 한 번도 없었다. 오히려 동료들을 만날 수 있다는 기대가 더 컸다.

나는 이 가게를 정말 사랑한다. 그러기에 무례한 손님에 맞서 싸울 수 있다. 분위기 좋은 인테리어, 맛있는 메뉴, 양심적인 가격. 이 이상의 서비스를 원한다면 다른 가게로 간다고 해도 말리지 않는다. 자, 제정신이 아닌 사람은 누구일까? 어서 오세요. 사람들의 마음을 흔드는, 흔들리지 않는 신념의 카페에.

메뉴

단골손님

나는 왜 이렇게 카페를 좋아하는 걸까. 어떤 계기로 좋아하게 된 걸까. 성인이 되고 늘 카페에 다니기는 했지만, 업으로 삼을 정도로 좋아하게 되리라고는 전혀 예상하지 못했다. 내가 사는 도쿄는 조례 때문에 현재 음식점 대부분이 금연 구역으로 지정되긴 했지만, 예전에는 그렇지 않았다. 나는 그 시기 카페에서 담배를 피우는 한때를 더할 나위 없이 사랑했다. 아무리 피곤해도 커피와 담배 연기를 들이켜면 다 리셋되는 기분이었으며, 카페란 언제든 일상을 벗어날 수 있는 장소였다. 이제는 카페에서 담배를 피울 수 없게 되었지만 여전히 카페가 좋다. 금연에 성공한 현재는 카페에서 커피를 마시며 독서하는 한때를 즐긴다. 카페는 도시의 오아시스 같다.

지금 일하고 있는 카페는 손님으로 다니던 시절부터 참 마음에 들었다. 당시에는 매일 회사 일에 이리저리 치이느라 놀 여유가 없었지만, 퇴근 후 곧바로 집에 가기 싫은 날이면 자연스럽게 이 카페로 발걸음을 옮겼다. 이전 직장도 서비스업이었는데, 대기업이라 머리를 조아리며 고객의 비위를 맞추는 응대 서비스를 강요하는 탓에 하루하루 정신이 피폐해져만 갔다. 회사를 그만둘 때는 다시는 서비스직은 하지 않겠다고 굳게 마음먹었으나, 지금은 이렇게 재미있는 일도 없다며 만족하고 있다.

이 가게에서 일하고 있으면 어떠한 강력한 자장 속에 있기라도 한 것인지 이상한 일들만 일어난다. 가게 자체의 개성도 강하지만, 이 카페를 오가는 손님들 또한 확실히 자기 색깔이 진하다. 평범한 카페인데 하루하루가 사건의 연속이다.

아침 시간대 카페는 보통 단골손님들 차지다. 가장 빨리 가게에 들어와 신문을 향해 돌진하는 아저씨는 '멧돼지', 카페 직원들에게 줄 간식거리로 언제나 바움쿠헨 케이크를 사 오는 아저씨는 '바움', 수년째 카페 단골이자 한때 라멘 가게를 운영했던 할아버지는 '라멘 할아버지', 마리오 시리즈 캐릭터 중에서 바위 악당을 닮은 손님은 '쿵쿵', 이렇게 모두 다채로운 별명으로 불리고 있다. '저분은 아저씨보다는 삼촌이 맞지 않아?'라고 툭 던진 말에 별명이 결정되기도 한다. 최근에 이렇다 할 특징이 없어서 '그 아무 특징도 없는 사람'이라는 별명이 붙은 단골이 있는데, 그가 나의 흥미를 끌었다. 아무 짓도 안 해도 별명이 붙고 마는 무시무시한 가게다.

중년 남성인 후지노 씨는 한때 한 시간 동안 음료를 무려 네 잔이나 마시는 진풍경을 보여주어 '재고 흡입 괴물'이라는 별명으로 불렸다. 가게 입장에서는 고마운 일이지만 삼 분 동안 만든 음료를 제공하자마자 일 분도 안 돼서 '쯔으으으읍' 하고 빨대로 요란하게 소리 내며 마실 때는 나도 모르게 두 번이나 돌아보았다. 빈 유리잔과 번들대는 후지노 씨의 얼굴이 나란히 눈에 들어왔다. 당시에는 엄청 목이 말랐나 보다 생각했는데, 어느 날 크림소다 세 잔을 연속으로 주문했을 때는 진심으로 걱정이 되었다. 크림소다는 물처럼 마실 수 있는 음료가 아니기 때문이었다. 위장이 강철로 된 사람인가 싶었는데 돌아갈 적에 배가 아프다고 우는소리를 하는 모습을 보니 아무래도 무리하기는 했던 모양이었다.

후지노 씨는 카페를 막 방문하기 시작했을 무렵, 로열 밀크티를 특히나 좋아했다. 주문이 한두 잔으로 끝나지 않아 후지노 씨가 오면 주방에 긴장감이 돌았다. 후지노 씨의 등장은 곧 재고가 순식간에 줄어든다, 발주를 추가해야 한다는 의미였으므로 고작 한 사람 때문이라고 하기엔 영향력이 어마어마했다. 피자를 먹은 뒤에 또 한 조각을 추가하거나, 로열 밀크티를 마시면서 딸기주스도 동시에 해치우는 장관이 펼쳐지기도 한다. 정말이지 눈을 뗄 수 없는 사람이다. 하지만 얼마 전에는 정도를 지나쳐 카페에서 다른 가게의 도시락을 먹어도 되느냐고 물었다. 될 리가 없지. 도시락은 집에서 드셔야지요.

성가신데 이상하게 도통 미워할 수 없는 손님이 있다. 술 좋아하는 시라이 씨가 그렇다. 70대라는 나이가 무색할 정도로 매우 기운이 넘쳐서, 언제나 심장이 멎을 것 같이 큰 소리로 '안녕들 하신가!'라고 외치며 가게에 입장한다. 손님들 모두 깜짝 놀라 어깨를 움찔거릴 정도로 등장이 요란하다. 한잔 거하게 걸친 사람처럼 술이 올라 카페 배경 음악이 묻힐 만큼 시끄럽게 말을 걸어오는 탓에 쫓아내는 날도 많다. 하지만 악의는 전혀 없는 사람이라 이쪽에서 화를 내도 '미안해…' 라며 쭈뼛거리는 모습이 꽤 귀엽다. 온종일 술을 마셔서 그런 건지 얼굴색이 붉다 못해 흙빛인 날도 있어 걱정된다. '간이 안 좋으면 얼굴색으로 나타난대요'라고 알려줘도, 듬성한 이를 드러내며 너털웃음을 지을 뿐이다. '이가 빠져 음식을 씹기 힘들어서 그런데, 삶은 달걀 좀 작게 잘라줄 수 있을까?'라며 부탁할 때는 간병인이 된 기분이다. 주정뱅이라 귀찮을 때도 있지만 장보기를 도와줄 때도 있어 좋은 사람 인증 도장을 찍었다. 그렇지만 어느 날은 술을 너무 마신 탓에 하루 동안 네 번이나 가게를 찾아 이게 무슨 이벤트인가 싶어서 혀를 내둘렀다.

무심코 시선이 갈 정도로 잘생긴 남자아이가 있는데, 매번 다른 여자친구를 데려와서 '여자 킬러'라고 불린다. 그 킬러는 우리에게 말 거는 일 없이 늘 나른한 표정으로 아메리카노를 마신다. 대체로 혼자 오지만 가끔 여자친구가 나중에 합류해 사이좋게 이야기를 나눈다. 중요한 사실은 여자친구가 매번 바뀌어서 점원들 모두 관심 없는 척 동석한 여자의 얼굴을 확인한다. 아무리 제삼자라 해도 이상한 기분이 든다.

그렇다. 점원들은 의외로 커플들에게 관심이 많다. '저 언니 말이야, 좋은 사람인 거 같은데 남자친구는 좀 그렇지 않아?', 'OO 씨랑 맨날 같이 오는 여자분, 부인이 아니라더라' 등 동료들끼리 몰래 속닥거린다. 한번은 방문이 뜸해진 커플이 있어 안부를 궁금해하던 차에, 그중 한 명이 다른 사람인 양 옷 스타일부터 주문하는 음료까지 싹 바꾸고 처음 보는 상대와 등장한 적도 있었다. 다시 태어나기라도 한 건가 싶었지만, 기분 탓인지 몰라도 손님 또한 민망한 듯 시선을 피하기에 주문한 음료와 음식을 조용히 두고 왔다. 한편, 언제나 혼자 오던 손님이 데이트하는 모습을 보면 잘 되기를 응원하게 된다. 이런 식으로 누군가의 인생과 사랑을 멀리서 관찰하는 것도 카페 일의 재미 중 하나다.

가끔 이른 아침부터 꼭 보드카를 온더록스로 주문하는 아저씨가 있다. 항상 눈이 풀려 있는 데다가 혼잣말을 중얼거려 전부터 무서웠는데, 딱히 말을 걸지는 않아서 '무해' 판정을 내렸다. 혼자서 가게를 보던 어느 날 밤, 그 아저씨가 웬일로 위스키를 주문했다. '어느 시간이든 상관없이 술을 드시나 봐요?'라고 묻자 갑자기 주먹을 휘두르는 것이 아닌가. 욱하는 타입의 취객인가, 드디어 폭력이 나오는 거냐고 생각하며 가드를 올리려던 순간, '스트레이트로. 이건 어퍼컷이고. 하하, 아재 개그야.'라며 혼자 낄낄거렸다. 전혀 재밌지도 않고 기분만 상했기 때문에 마스크 너머로 으르렁거리며 이를 갈았다. 며칠 후 알게 된 사실인데, 이 아저씨는 몇 해 전인가 선배에게 '죽여버린다'는 내용의 편지를 보낸 적이 있다고 했다. 뭐가 됐든 간에 위협적이긴 한데, 굳이 편지로 전할 필요가 있었을까….

지금까지 카페 직원의 시선으로 이상한 손님들에 관해 쓰긴 했지만, 나도 손님으로서 다른 가게에서 이상한 행동을 한 적이 있다. 곧잘 다니던 카페에서 어째서인지 직원의 시선을 느꼈는데, 알고 보니 내가 항상 출입문이 아니라 테라스 좌석 쪽 창을 억지로 열고 들어간 것이었다. 꽤 자주 다녔는데 마지막까지 왜 아무도 말해주지 않은 걸까. 정말 부끄러워서 쥐구멍에 숨고 싶었다. 뭐, 눈치채지 못했던 내가 잘못했지만….

지금 생각해보면 분명 그 가게 점원들끼리도 별명을 지어 불렀겠다는 생각이 든다. 죄송했습니다….

삼 년 전이었나. 아이 씨라는 단골이 있었는데, 예쁘고 언제나 상냥해서 모두가 좋아했다. 남자친구 역시 꽤 순수한 청년이라, 아이 씨와 마찬가지로 존재 자체가 힐링이었다. 역시 비슷한 사람끼리 만난다는 생각이 들 정도로, 아이 씨의 남자친구는 아이 씨만큼 예의 바르다는 인상을 주었다. 어느 날, 뜨거운 커피를 서빙하고 물을 따르러 가자 '뜨거워서 맛있어요'라는 인사를 받았다. '뜨거워서 맛있다'는 평가는 처음이라 나도 모르게 피식 웃음이 새어 나왔다. 어떤 날은 '혹시 된장국도 있나요?'라고 물었다고 한다. 사람에 따라 '엥? 여기는 카페인데요.'라며 이맛살을 찌푸릴 만한 질문인데, 상대가 아이 씨의 남자친구면 '된장국 없어서 미안해…'라는 생각이 들어 이상한 일이 아닐 수 없다. 이것이 인덕이라는 것일까. 지금은 두 사람 모두 다른 지역으로 이사를 가서 볼 수 없다. 언젠가 또 두 사람이 카페를 찾아줬으면 좋겠다. 아이 씨와 남자친구가 떠오를 때면 잘 지내고 있으려나 생각하곤 한다.

단골 중에 '치와버지'라는 별명이 붙은 할아버지가 있다. 치와와 같은 눈, 작은 체구, 언제나 세련된 차림의 그는 말수는 적지만 늘 웃는 상이라 모두가 좋아했다. 연배는 80대였던 것 같다. 항상 치와버지가 오면 '오셨어요!' 하고 모두가 카운터에서 손을 흔들었다. 미소 지으며 쑥스럽다는 듯 손을 흔드는 모습이 그렇게 귀여울 수 없었다. 치와버지는 아내로 보이는 분과도 카페에 왔는데, 둘이서 사이좋게 만화잡지를 보는 모습이 인상 깊었다. 언제부터인가 치와버지는 오지 않고 계속 부인 혼자 카페를 방문했는데, 동료가 안부를 묻자 돌아가셨다는 소식을 전했다고 한다. 그 이야기를 들었을 때는 가슴에 구멍이 뻥 뚫린 기분이었다. 더 이상 귀엽게 웃는 얼굴을 볼 수 없고, 두 번 다시 만날 수 없다고 생각하니 한없이 슬퍼졌다. 아직도 문득 고개를 돌리면 치와버지가 짠하고 가게 문을 열고 나타날 것만 같은데.

매일 100명 이상의 사람이 가게를 찾는다. 각각 나름의 인생 서사가 있고, 만남과 이별이 있다. 별거 없는 카페 직원인 나도 누군가의 인생에 얽혀있다고 생각하면, 왠지 모르게 울컥한다. 이 가게에서는 '직원과 손님 모두 동등한 관계일 것'을 중요하게 여기기 때문에 언제나 있는 그대로의 나로 있을 수 있다. 기쁠 때는 웃을 수 있고, 기분이 상했을 때는 화를 낼 수도 있다. 나는 이 공평함에 항상 구원받았다.

오랫동안 함께 일했던 선배에게 '정말 밝아졌다, 많이 변했구나.'라는 말을 들었을 때는 코끝이 찡했다. '아무하고도 엮이고 싶지 않아, 사람이 무서워.'라며 움츠러들었던 과거가 떠오를 때면, 새로운 인생을 열었다는 사실에 정말 행복해진다.

출입 금지입니다

서비스업에 종사하는 사람들의 가장 큰 고민은 고객의 불합리한 클레임이나 지나친 억지가 아닐까. 서비스업 종사자들 사이에서 '나, 이런 진상까지 만나봤다' 이야기는 언제 어디서든 뜨거운 주제다. 예전엔 진상을 만나면 화가 치밀어 온몸의 털이 서는 듯한 혐오감을 느꼈는데, 요즘은 '이야깃거리가 생겼네'라고 생각한다. 적응이란 참 무서운 일이다. '있잖아, 들어봐!'라며 동료들에게 하소연하고, '완전 이상해'라고 공감하는 것까지가 하나의 세트다. 이 책은 직원이 손님에게 보내는 '역 클레임'이라 봐도 무방하다.

전에 일하던 회사에서 상품에 대한 클레임이 있었다. 여성용 속옷을 판매하는 회사였는데, 빨래를 돌렸더니 줄어들어서 사이즈가 안 맞는다며 교환을 요구했다. 가격표를 떼고 빨래까지 한 상품은 반품과 교환을 접수받지 않는 게 규정이라고 정중하고 친절하게 설명했지만, 상대는 물러나기는커녕 점점 히스테리를 부리다 종국에는 수화기에 대고 고함을 내지르기 시작했다. 결국 상사가 고객의 집까지 찾아가 사죄하고 반품과 교환을 진행했음에도 '이런 가게가 있어서는 안 된다', '남편도 화났다'라며 계속 불만을 토로한 끝에 소비자원에 신고하겠다고 협박했다. 필사적으로 사과하고 대응해도 성이 풀리지 않는다면, 대체 이 사람은 무얼 바라고 있는 것이었을까. 어떻게 하면 납득할 것인가. 이 일은 구매 금액보다 값비싼 상품권과 본사 윗사람의 사죄로 일단락되었지만 마음은 계속 찜찜했다.

돌이켜보면 필요 이상의 사과를 강요당하는 건 서비스업에서 빈번하게 있는 일이다. 고객 쪽에서 엄청난 기세로 화를 내면 점원은 열과 성을 다해 사과하고, 때에 따라서는 점장까지 나와 정중하게 사죄의 말을 올린다. 그러나 곰곰이 생각해 보았으면 한다. 이런 화풀이를 받아줄 만큼 돈을 받았는가? 나는 이 부분이 언제나 의문이다. 애초부터 서비스업 종사자들은 그만한 급료를 받을 수 없는데, 고객이라는 사람들은 그에 상응하지 않는 과잉 서비스를 요구하고 필요 이상으로 화를 내고 있지 않은가. 직원을 스트레스 해소 인형처럼 취급하는 사람들이 유감스럽게도 적지 않다. 이런 이유로, 슬프게도 사람 취급받지 못하고 있다고 느낀다.

여담이지만 수년 전 대만을 여행하던 때의 일이다. 옷을 사려고 계산대에 물건을 올리자 점원이 혀를 찼던 경험이 있다. 공교로운 타이밍이었다. 시종 아무 말 없이 물건을 계산했다. 이상하게도 화가 나지 않고 이런 일도 있는 거지, 하며 넘겼다. 머리가 배꼽에 닿을 듯 굽신거리며 손님을 응대하는 나라는 손꼽을 만큼 흔하지 않을 것이다. 그 후 방문한 마사지 가게에서는 내 등을 밟던 직원이 동료와 잡담을 나누며 시끄럽게 웃어대다 트림까지 하길래 대단하다고 감동했다. 문화가 다를 뿐이라고 한다면 할 말이 없지만 빠릿빠릿하게 서비스를 철저히 하는 것이란 무엇일까 생각하게 된다. 보다 직원들이 마음 편하게 일할 수 있는 사회였으면 좋겠다.

분위기 좋은 바에서 단골이 '늘 먹던 거로'라고 주

문하는 장면을 자연스럽게 상상할 수 있지만, 정작 내가 일할 때 그런 말을 듣는다면 꽤 불쾌하다는 것을 요식업에 종사하는 사람이라면 깊이 공감하리라. 직원이 먼저 '항상 주문하시던 거로 괜찮으실까요?'라고 묻는다면 그럴 수 있다. 하지만 어쩌다 한 번 가게에 와서 '늘 먹던 것'을 요구하는 것은 실례가 아닐까. 직원은 하루 100명에 가까운 손님을 상대한다. 직원도 사람이기 때문에 모든 것을 기억할 수는 없다. 손님에 따라서 다를 수도 있지만, 보통은 '늘 먹던 게 뭔데'라고 일갈을 날리고 싶다. 누가 봐도 신입인 직원한테도 '늘 먹던 것'을 요구하는 이상한 끈기를 부디 다른 에너지로 전환해줄 수는 없는 것일까. 학생 시절 아르바이트하던 이자카야에 두 달에 한 번 올까 말까 하던 단골(그만큼 자주 오지도 않았지만)이 주문하는 생맥주의 브랜드를 기억하지 못해 화를 산 적이 있었는데, 지금 생각해보면 꽤 불합리한 요구였다. '나는 하트랜드(일본 맥주회사인 기린에서 만든 브랜드 중 하나-옮긴이)만 마신다고'라며 성을 내는 중년 아저씨 앞에서 죄송하다고 고개 숙이던 어린 시절의 나를 위로해 주고 싶다.

우리 카페에는 손님과 싸워도 좋다는, 참으로 일할

맛 나게 하는 규칙이 있다. '더 이상 우리 카페에 오지 말아주세요', '돈 안 내도 되니까 돌아가 주세요'라고 말해오기를 5년째. 몇 번이나 손님과 싸웠고, 몇 명이나 카페 출입을 금지했다. 고성이 오가기도 하고, 동네 건달 싸움처럼 얼굴을 바싹 맞대고 으르렁거리기도 했다. 물론 직접적으로 폭력을 당한 적은 없지만, 앞으로도 그럴 가능성이 없다고는 할 수 없다. 하지만 약간의 용기로 스트레스 요인을 없앨 수 있다면 확실히 거절하는 편이 훨씬 낫다고 생각한다. 몇 년이나 가게에 민폐를 끼치던 단골에게 3년간의 출입 금지령을 내렸을 때는 '더 빨리 말할걸'이라고 생각하기도 했다. 그러다 보니 프랜차이즈 가게에서 직원이 진상에게 쩔쩔매고 있는 모습을 맞닥뜨리면, 지켜보는 내 마음이 다 괴로워진다. 불쑥 끼어들어 빌런에게 한마디 날려주고 싶다. 어느 날 '나랑 당신은 언젠가 분명 칼 맞을걸요. 하도 많은 사람을 출입 금지 시켜서.'라고 마스터가 농담처럼 말했는데, 눈을 보니 분명 진심이었다.

믿기 어려운 사건을 하나 이야기할까 한다. 카페에서 제공하는 물로 치간 칫솔을 헹구는 할머니를 마주한 적이 있는데 그때는 정말 기절할 뻔했다. 자기 집 세면대에서 하면 되는 일을 왜 굳이 카페에 와서 하는지 모르겠다. 바로 옆자리에서 다른 손님이 식사하는 모습이 보이지 않는 것일까. 도저히 용납할 수 없는 만행이었다. 매너가 아니라고 입 아프게 말할 필요도 없는 일에 주의를 주어야만 하는 상황이 괴롭기만 하다. '이런 행동은 삼가세요'라고 말하자 치간 칫솔을 숨기며 '뭐를?'이라며 시치미를 떼기에 포기할 수가 없었다. 결국 더 이상 가게에 오지 못하게 했다. 주의를 주는 일에도 체력과 기력이 소모되기 때문에 제발 적반하장으로 나오지 않았으면 한다.

어느 핼러윈 데이, 이벤트를 즐기고 집으로 돌아가는 길인 듯한 커플이 분장한 모습으로 가게에 들어섰다. 잔뜩 신이 났는지 여자는 가게 안에서 계속 사진을 남겼다. 자기들끼리 사진 찍는 일이야 신경 쓸 필요가 없지만, 다른 손님들까지 찍히든 말든 신경 안 쓰는 데다 '언니들도 같이 찍어요!'라며 마음대로 우리를 배경으로 삼아 사진을 찍는다면 이야기가 달라진다. 서빙을 담당하던 선배가 '우리까지 찍는 건 자제해 주세요' 라고 거절하자 여자는 방금까지 잔뜩 흥이 올랐던 태도를 싹 바꾸더니 격노하여 소리를 지르기 시작했다. '네가 뭔데', '지금 비웃었지?'라며 생트집을 잡으며 집요하게 물고 늘어졌다. '저기, 주방에서 있는 너!'라고 불린 나는 자리까지 나가서 '민폐예요. 나가주세요.' 라고 한마디 했다. 불에 기름을 부은 격이었는지 '지금 뭐라고 했어?!'라며 더 난리를 쳤다. '돈은 안 내도 좋으니, 그만 돌아가 주세요.'라고만 일관하자 여자는 남자를 데리고 나가며 고래고래 가게 욕을 했다. '다시는 오지 말아주세요'라고 말을 덧붙였다. 같이 있던 남자는 가게를 떠날 때 작은 목소리로 '죄송합니다'라고 사과할 뿐 전혀 도움이 되지 않았다. 이런 사람은 진지하게 상대하면 나만 피곤해지므로 '그만 나가주세요'라는 한 마디가 가장 효과적이다.

입 냄새가 심하고 모든 행동거지 하나하나가 기분 나빠서, 도저히 어쩔 도리가 없다는 이유로 출입을 금지당한 불쌍한 중년도 있다. 그 아저씨는 입을 열 때마다 마늘 냄새가 코를 찔러서 카운터 자리에 앉으면 직원 모두가 구토감을 느꼈다. 심지어 여자 직원을 빤히 쳐다보는 기분 나쁜 구석도 있어서 직원들이 꽤 싫어했다. 마음에 든 여자 직원에게 근무 시간을 물어볼

적에는 온몸에 닭살이 돋았다. 이렇게나 싫어지니 사계절 내내 새빨간 폴로 저지만 입는 모습조차도 왜인지 거슬렸다. 어느 날, 주위 눈치를 보지 않는 여자 선배가 '냄새가 심해서 직원들이 힘들어합니다'라고 아무렇지 않게 말을 꺼냈다. 상당히 직설적인 말이어서 나조차도 당황했다. 만약 내가 카페 직원에게, 그것도 이성에게 그런 말을 듣는다면 충격으로 자해할지도 몰랐다. 그녀의 말이 진실이긴 했지만 조금 겸연쩍었는데, 아저씨가 '아, 마늘 냄새?'라며 천연덕스럽게 반문하는 모습을 보자 동정 따위는 일절 필요 없다는 걸 깨달았다. 이미 알고 있었다면 노력 좀 하고 와주시죠.

얼마 전 언뜻 보기에 할아버지처럼 보이는 손님이 계산을 마치고 나서 '스파게티, 그냥 간장 맛만 났어. 이런 거 별로야.'라고 나에게 음식 평을 남겼다. 확실히 절반 이상 남겼기 때문에 입에 맞지 않았다는 사실은 말하지 않아도 알 수 있었다. 알고 있지만, 다른 손님도 있는 가게를 나서면서 부러 큰 소리로 말하는 것은 대체 무슨 심보일까. 조용히 가게를 떠나 더 이상 오지 않으면 그만인데. 하지만 나는 해마다 '무례'에 대한 전투력이 오르고 있어서 할아버지보다 큰 목소리로 '네? 그럼 우리 가게엔 더 이상 오지 말아주세요' 라고 맞받아쳤다. 보통 이런 말을 하는 사람은 설마 상대가 이렇게 되받아칠 거라고는 예상하지 못하기 때문에 어안이 벙벙한 얼굴을 한다. 의견은 들을 만한 가치가 있지만, 일방적인 비난은 가만히 있을 수가 없다. 본인이야 가게를 나서며 흘리듯 하는 막말이겠지만, 나처럼 그 말에 반박하는 사람도 있다는 것을 알아야 한다.

비슷한 일이 떠오른다. 제공된 요리에 관해 도가 지나치게 불만을 늘어놓는 할머니에게 '그럼, 더는 저희 가게에 오지 말아주세요.'라고 말하자 그 후로 몇 번이고 전화해서 그런 말을 하다니 너무하다, 나에게 사과받아야겠다고 난리를 쳤다. 마스터에게 사건의 자초지종을 설명하며 맛없다고 해서 돈도 받지 않았다, 그렇게 생각한다면 우리 가게에 오지 않아도 된다고 했다고 전하자 '당신은 잘못이 없네요'라고 말해줘 안심했다. 보통의 가게라면 잘렸을지도 모른다. 여기서 그치지 않고 마스터는 그 할머니에게 전화해서 '그 직원은 사과하지 않을 겁니다'라고 직접 전하고 우리 가게의 신념을 설명했다. 상황을 깔끔하게 정리해 나를 지켜주었다. 지금 생각해보면 '아무리 뭐라 해도 절대 사과하지 않는, 고집 센 직원'이라는 생각이 들어 웃음이 난다. 하지만 그때는 내가 어리지만 않았어도 이렇게까지 하지 않을 것이라는 억울함과 마스터가 의사를 존중해줬다는 기쁨이 복잡하게 뒤섞여 눈물이 났다. 다시 말하지만 이 가게에서 일하게 되어 정말 다행이다.

'돈을 냈으니 손님이 더 우위에 있다'라는 사고방식을 가진 사람이 꼭 있기 마련이다. 하지만 직원 관점에서 말하자면, 일하는 사람에게 실례되는 태도를 보이거나 불쾌감을 주는 사람은 손님도 뭣도 아니다. 음식점이기 때문에, 직원이기 때문에 뭐든지 이해해야 한다고 여긴다면 크나큰 착각이다. 적어도 우리 가게에서는 그러한 룰은 통하지 않는다. 불쾌한 일에는 목소리를 내고, 가게에서 나가달라고 말한다. 우리뿐만 아니라 다른 손님을 지키기 위해서도 이런 용기는 필요하다.

음식을 파는 가게에서 일하며 가장 기쁜 순간은 '깨끗이 비워진 그릇'을 볼 때이다. 내가 만든 요리가 맛있는지는 몇 년을 일해도 신경 쓰인다. 싹싹 비워진 접시가 돌아오면 마음이 놓이고, '잘 먹었습니다', '맛있어요'라는 말을 들으면 요리사로서 몸 둘 바를 모르게 감사하다. 시간이 걸려도 좋으니 맛있고 정성 가득한 음식을 만들고 싶어진다. 이런 마음은 해가 갈수록 강해진다. 한 번은 너무 신경이 쓰여 주방에서 나가 '맛있으신가요?'라고 자발적으로 물어본 적도 있다. 부르지도 않았는데 홀에 나오는 요리사라니, 자의식 과잉이다. 놀람과 웃음이 묻어나는 '맛있어요'라는 대답을 듣고 다음 주문을 마주하는 매일. 그렇게 손에 남은 화상과 칼에 베인 상처는 영광의 상처로 거듭나 나의 자부심이 되었다.

동료 소개서

가게가 한산할 때면 구글에 우리 가게를 검색해 보곤 한다. 극찬하는 댓글부터 다시는 안 간다는 분노 어린 댓글까지 그 종류가 다양한데, 그중에서도 '직원들이 개성 넘친다'는 평가가 큰 비중을 차지한다. 실제로 일하고 있는 사람으로서도 고개가 절로 끄덕여진다. 머리 색, 머리 모양, 네일 아트 등 규제가 따로 없어 겉모습이 개성적인 것도 있지만, 직원이 하고 싶은 대로 해도 좋다는 가게의 방침 때문에 손님을 대하는 태도에서도 각자의 개성이 묻어난다. 성격도 이렇게나 제각각일 수가 없다. 붙임성 좋은 사람도 있고 정반대의 성격의 사람도 있다. 이런 연유로 '직원이 불친절해서 별로예요'라는 댓글이 보이면 '엥?' 하고 물음표가 떠오른다. 가성비 좋게 커피를 마실 수 있다는 것만으로 충분하지 않나? 제국 호텔(일본 특급 호텔-옮긴이)도 아닌데 뭐든 과하게 요구당하는 기분이 들어 분노가 인다. 여느 때처럼 가게 리뷰를 찾아보던 어느 날, 구구절절 불만을 써놓은 댓글이 보여 동료에게 링크를 보냈는데 '가게 있을 때부터 쓰고 싶어서 안달이었던 거 아냐?'라고 사이다를 날리는 메시지가 돌아왔다. 과연. 다른 가게 리뷰에도 '고객 응대 서비스가 엉망'이라는 댓글이 종종 달려 있는데, 수준 높은 고객 응대 서비스를 기대한다면 그에 맞는 가게에 가면 된다. 보통의 가게에서는 손님에 대한 예를 갖추고, 의사소통이 가능한 것만으로도 충분하다고 생각한다.

마스터는 직원 면접을 볼 때면 언제나 두세 시간씩 시간을 들여 우리 가게에서 일할 수 있는지를 꼼꼼히 살펴본다. 마스터가 가장 중요하게 보는 부분은 '친절'과 '배려'인데, 두 가지에 집중하다 보니 오히려 다른 부분은 별로 신경을 안 쓴다. 그 결과 정말 개성 넘치는 멤버들이 모이게 되었다. 이런 까닭에 지금까지 일하면서 구체적인 손님 응대 매너에 대해서 배운 적이 전혀 없었던 것 같다. '모두 똑같은 서비스라면 재미없지'라는 사고방식은 일반적인 서비스직의 통념을 깨부수고 있어 속이 다 시원하다. 사람은 모두 다른 성격에, 다양한 생각을 가진다. 있는 그대로의 자신으로 존재할 수 있는 이 가게의 미더움은 무엇으로도 대신할 수 없다.

동료들은 모두 좋은 의미로 보통내기들이 아니다. 오히려 약간 이상하기도 한데, 그런 부분이 난 참 좋다. 나이대는 20대가 가장 많고 학생도 있다. 전체 인원은 15명 정도다. 회사에서 주5일 근무하는데도 어떻게든 우리 가게에서 일하고 싶어서 휴가를 써서 일하는 사람도 있다. 자유로운 업무 환경에서 오는 편안함 때문인지 아르바이트생을 모집할 때마다 지원자가 쇄도하는 직장이다. 동료들이 하는 일도 다양하다. 뮤지션부터 극단원, 사진가, 만화가, 액세서리 가게 직원까지 개성 풍부한 사람들이 한데 모여 있다. 근무하다가 나도 모르게 수다 삼매경에 빠지는데, 카페에서의 수다는 언제나 오케이다. '이런 손님이 왔었잖아', '그 영화 봤어?'처럼 매일같이 이야기꽃이 핀다. 카운터 자리에 앉아 있던 손님도 우리의 수다를 듣고 같이 웃었던 적도 있다. 이번에는 이처럼 유쾌한 동료들을 소개하려고 한다.

사치코는 대학생이다. 해사하게 웃는 얼굴이 매력적인 후배이기도 하다. 차분한 분위기를 풍기지만 말할 때마다 빵빵 터질 정도로 재밌는 친구다. 사치코가 반려견인 포메라니안과 산책할 때 우연히 마주친 적이 있다. 얼굴을 할짝할짝 핥길래 계속 쓰다듬고 있었더니 '우리 밀크, 입 냄새 심해요.'라고 경고했다. 상당히 신랄한 경고였지만 포메라니안은 귀여웠다. 또 어떤 날은 머리숱이 줄어들어 자학하는 마스터에게 웃으며 '하지만 잘 어울려요!'라고 도저히 맞장구치기 어려운 말을 서슴없이 건네기도 했다. '당신은 바코드 같은 머리가 잘 어울린답니다'라고 선고하는 듯했다. 마스터가 불쌍했지만 도저히 못 참고 창문이 깨지는 게 아닐까 싶을 정도로 박장대소했다. 이 대화를 들은 카운터 자리 손님도 웃음을 뿜었다.

'있잖아, 그거 알아?'라고 마메시바(강아지 얼굴을 한 콩 캐릭터로 '있잖아, 그거 알아?'라는 유행어가 있다-옮긴이) 같은 입버릇이 특징인 시짱은 나와 동갑이다. 일하기 시작한 시기는 나보다 조금 늦지만 거의 동기라고 할 수 있다. 옥구슬이 굴러가는 듯한 낭랑한 목소리가 사랑스럽다. 기분이 좋으면 콧노래를 흥얼거리며 프라이팬을 닦는다. 집에서의 모습이 자연스레 상상된다. 처음에는 존댓말로 어색하게 대화했지만, 지금은 휴일에 함께 놀러 가기도 하고 새벽까지 시답잖은 이야기로 메시지를 주고받는 사이가 되었다. 고등학생처럼 계속 수다를 떨어서, 시짱과 같이 일할 때는 '일'한다는 느낌이 들지 않는다. 단골의 말투를 따라 하거나 정말 사소한 일까지도 시시콜콜 공유한다.

시짱은 희로애락이 분명한 솔직한 사람이다. '좋아하는 손님'이 오면 얼굴에 웃음을 가득 띠며 손을 흔들어 인사할 정도로 살갑게 굴지만, 반대로 싫어하는 손님이 오면 산리오(헬로키티로 유명한 일본 캐릭터 전문 기업-옮긴이)의 배드바츠마루(장난기 많은 펭귄 캐릭터-옮긴이)처럼 불만 가득한 눈이 된다. 손가락 총을 날려댈 때도 있다. 그런 솔직함 때문에 믿음이 가는 사람이다. 그녀의 이야기를 더 하자면, 시짱이 주방에서 끓이던 코코아가 잠깐 눈을 뗀 사이 보기 좋게 끓어 넘친 적이 있었다. 화구 주변이 코코아로 홍수를 이뤘다. 마침 한창 바쁠 때라서 가게 사람 누구도 뒤처리할 정신이 없었다. 그렇다고 해서 일부러 '헐, 넘쳤네.'라고 말하는 것도 번거로워 그저 못 본 체했는데, 주방에서 '정말 싫어!!!!'라고 외치는 시짱의 절규가 들려와 웃음이 터졌다. 손님 자리까지도 들렸겠지만, 뭐 어떤가.

예전부터 너무 너무 싫어하던 야스히코라는 중년 남자 단골이 있었다. 여자 직원들을 훑는 듯한 시선으로 쳐다보는 점이 그를 싫어하는 이유였다. '얼굴 전체가 혀 같아'라는 말이 절로 나오는 사람이었다. 야스히코는 대단한 강철 멘탈의 소유자로, 모두에게 환영받지 못하는 것이 분명한데도 거의 매일 가게를 찾는 완전체였다. 당연히 나는 '어서 오세요'라든가, '감사합니다'라는 인사도 건네지 않았는데, 쉬는 날 동네에서 우연히 마주치자 야스히코가 '오! 안녕하신가!'라며 친한 척 인사해왔다. 나는 여느 때처럼 무시했다. 야스히코가 싫은 또 다른 이유를 말하자면 음식이든, 음료든, 매번 조금씩 남긴다. '돈 냈으니까 무슨 상관이지'라는 한 마디로 일축할 수도 있지만, 주문한 음식의 일정량을 매번 남기는 꼴은 가게 사람으로서 결코 기분 좋은 일은 아니다. 처음 온 사람이 양을 잘 몰라서 남기는 것은 이해하지만, 매일 같이 오는데도 불구하고 주문한 음식이나 음료를 남기는 것은 이해가 안 된다. 주문할 때 '양은 적게', 'OO빼기'라고 말해주면 될 일 아닌가?

야스히코의 잔반 문제로 모두의 분노 게이지가 서서히 차오르던 어느 날, 그가 코코아를 거의 마시지 않은 적이 있었다. 이것이 결정타가 되어 홀 업무를 담당하던 시짱이 계산할 때 '어디 안 좋으신가요?'라고 물었다고 했다. 나라면 말조차 안 걸었을 터라 엄청난 용기와 호기심이라 생각했다. '내가 정말 궁금해서 야스히코한테 물어봤잖아'라며 생생한 표정으로 이야기를 이어가던 시짱은 점점 이상한 소리를 내며 웃어댔다. 카운터를 겨우 붙들고는 배를 부여잡은 채 금방이라도 숨이 넘어갈 듯했다. '그랬더니 히죽히죽 웃으면서 이빨을 이렇게 잔뜩 내미는 거 있지!' 야스히코의 음흉한 얼굴이 눈앞에 그려지듯 떠올랐다. 사람의 치아 개수는 대체로 같다고 하는데, 왜인지 그는 보통보다 더 많은 느낌이었다. 쓸데없이 실감 나고 꺼림칙한 상상을 불러일으켰다. 코코아를 남긴 이유는 달기 때문이었는데, 며칠 동안 계속해서 주문해놓고는 그런 말을 했다는 것이 도저히 이해가 가지 않았던 기억이 있다. 이따금 '이빨을 잔뜩 내밀었다'라는 표현이 떠올라 피식 웃을 때가 있다. 덕분에 활력을 얻곤 한다.

시짱뿐만 아니라 동료들마다 가지각색의 에피소드가 있다. 창문 닦는 데 힘을 너무 준 나머지 창문이 열려 그대로 거리로 튕겨 나간 사람도 있고, 자기만의 지정석을 고집하는 단골에게 '대체 왜 그러시는 거죠?'라고 묻는 용자도 있다. 또 나잇값 못하고 추파를 던지는 할아버지에게 '어디까지나 할아버지는 손님이고, 전 직원일 뿐입니다.'라고 직설적으로 말하는 후배도 있다. 드라이 망고를 자주 선물로 주는 단골을 '망고 주입꾼'이라 부르며 곤란함을 토로하는 사람도 있었다. 손님이 끊임없이 밀려드는 날에 동료가 '오늘 진짜 바쁘네. 너네랑 수다 떨려고 온 건데……' 라고 풀이 죽어 말할 때면 웃어넘겼지만, 사실 나도 늘 같은 생각을 하곤 한다. 적은 인원으로 운영되기 때문에 수다조차도 나누지 못하면 괴롭기 짝이 없다. '어제 새벽까지 유튜브 봤잖아', '이따 밤에 맥날 갈래?'처럼 사소한 이야기를 나누다 보면 스트레스가 해소된다. 싫은 일도 있지만, 그 일이 아무렇지도 않아질 만큼 웃을 수 있을 때가 더 많다. 정말이지 모두 좋은 사람들이라 이들에게 자주 구원받았다.

작년 3월 초, 눈코 뜰 새 없이 바빴던 토요일에 문득 고개를 드니 친오빠가 카페에 앉아 있었다. 오빠는 서일본 지역에 사는 데다 정말 바쁜 사람이라 오봉(양력 8월 15일 전후로 지내는 일본의 명절-옮긴이)이나 설은 커녕 경조사에나 볼 수 있었다. 일로 도쿄에 온 줄은 알고 있었지만, 가게에 온다는 이야기는 듣지 못했다. 볼일이 있어 근처까지 온 김에 들렀다고 했다. 친형제가 손님으로 왔다는 사실에 조금 쑥스러웠는데, 내가 만든 크림소다를 사진으로 남기는 모습을 보니 어쩐지 뿌듯했다. 지금까지 내가 일하는 직장에 가족이 방문한 적은 한 번도 없었다. 가족이 내가 일하는 모습을 본다는 것이 묘하기는 했지만 부러 여기까지 와주었다는 사실이 기뻤다. 마침 그날 업무가 끝날 시간이라 오빠의 약속 시간까지 근처에서 한잔했다. 맥주잔을 부딪치며 서로의 근황을 나눴다. 맨날 티격태격하던 어렸을 때가 새록새록 했다. '가게 완전 잘 되던데? 일한 지 얼마나 됐더라?'라는 질문에 '이제 곧 4년째야'라고 답하자 잠시간 침묵이 내려앉았다. 이제 정신차리고 부모님 속 좀 그만 썩이라거나, 일반 회사에는 안 들어갈 거냐는 등의 진지한 설교가 언제 날아올지 몰라 자세를 고쳐 앉았다. 그러나 예상과는 다르게 불쑥 '너 즐거워 보이더라, 좋은 곳인가 봐.'라는 말을 들었을 때는, 오빠도 내심 걱정하고 있었던 것 같아 눈시울이 뜨거워졌다.

다정한 마음

최근에 신입이 들어왔다. 긴장한 탓인지 삐걱대는 모습이 초기 레지던트 이블의 좀비를 떠오르게 한다. 귀가 잘 안 들리는 단골 할아버지에게 모든 질문을 씹혀서 쩔쩔맨다. 한창 바쁠 때 너무 조급했는지 엉뚱한 주문서를 써오기도 한다. 음식점에서 처음 일한다고 들어서, '낯선 것들 익히느라 힘들죠?'라고 격려하며 함께 으쌰으쌰 하는 나날이다.

일하기 시작한 지 5년째, 동료 대부분이 후배라 자연스레 업무를 가르치다 보니 업무 지도는 참 어렵다는 걸 새삼 깨닫는다. 한때 선생님이 되고 싶었는데, 가르치는 데에 소질이 없어서 꿈을 접기도 했다. 게다가 카페 일은 왠지 모르게 우아할 것 같지만 현실은 전혀 그렇지 않다. 일단 더러운 물 범벅이다. 설거지할 때 수압이 장난 아니게 세서 바닥은 언제나 물바다가 된다. 마스터로 말할 것 같으면 너무 열정적으로 설거지를 한 나머지 바지가 오줌 싼 것처럼 젖어버린다. 바쁜 와중에 해야 할 일은 많아서 적응할 때까지 우왕좌왕 헤맬 수밖에 없다. 몸에 익은 일의 방식을 말로 하나하나 알려주는 것 또한 너무 어렵다. 친절하게 가르쳐주면 설명이 장황해진다. 근무 기간은 길지만 전문가라고 자부할 만큼의 자신감은 딱히 없어서, 그런 나를 통해서라도 열심히 업무를 배우려는 신입이 기특하면서도 짠하다.

내가 신입이던 시절, 가게가 미디어에 나와서 많은 주목을 받았고 덕분에 굉장히 바쁜 나날이 이어졌다. 그 여파는 코로나 시국인 지금까지도 이어져 감사할 따름이지만, 처음에는 잘할 수 있을까 불안하기만 했다. 나는 요령이 없어서 한 번 실수하면 그 충격 때문에 계속 실수 연발하는 유리 멘탈의 소유자다. 컵을 깰 때마다 내 마음도 바스러졌고 주문을 틀릴 때면 절망하여 종일 동태눈을 하고 있었다. 하지만 면접 볼 때 '착한 사람 아니면 여기서 일 못해'라고 마스터가 몇 번이고 말했듯이, 함께 일하는 모두가 정말 착해서 누구도 실수를 책망한 적이 없다. 괜찮다는 말을 들을 때마다 언젠가는 나도 이런 안도감을 줄 수 있는 사람이 되겠다고 다짐했다.

다른 사람을 배려한다는 것은 어려운 일이다. '친절'이 무엇인지 한마디로 설명할 수는 없다. 머릿속에 떠올리는 친절의 모습도 사람마다 다 다르다. 그래서 선의가 전해지지 않기도 하고, 악의는 전혀 없는데 오해가 생겨 감정의 골이 깊어지기도 한다. 이런 불통으로 마음이 지칠 때마다 사람과 관계 맺기를 포기할 뻔도 했다. 그랬던 내가 최근 몇 년간 변했다. '이것 좀 부탁해도 될까요?'라고 다른 사람에게 기대기도 하고, '이러저러한 일 있어서 정말 싫었어'라고 솔직한 감정을 말할 수 있게 되었다. '다음 주에 고기 먹으러 가자'라거나 '오늘 일 끝나고 한잔하러 가지 않을래요?'라고 같이 놀자는 제안도 가능해졌다. 계속 상대가 다가오기를 기다리던 나로서는 상상도 못 했던 변화라고 할 수 있다.

손을 베이면 바로 반창고와 소독약을 챙겨주고, 유리잔을 깨뜨리면 '다치지 않았어?'라고 걱정해주고, 한여름 주방에서 땀을 뻘뻘 흘리고 있으면 시원한 물을 가져다주는 상냥함. 사소한 일들일지도 모르지만 그들에게 소중한 사람이 된 것 같아 기쁠 따름이다. 친절한 마음의 형태는 다양하다. 피곤할 때 건네주는 초콜릿, 빈혈 증세가 있을 때 전해주는 철분 음료, 기운이 없을 때 '무슨 일 있어?'라고 묻는 따뜻한 말 한마디. 언제고 이런 따스한 마음 씀씀이에 행복해진다. '머리 잘랐네', '오늘 네일 예쁘다'처럼 사소한 변화를 알아차려 주는 말을 통해 누군가에게 애정 어린 시선을 받고 있다는 든든함이 차오른다. '마리가 만든 크림소다 말이야, 아이스크림이 정말 동그랗고 예뻐'라고 칭찬을 들었을 때는 쑥스러워서 '고맙습니다. 긴타마(동그란 공을 튕겨 기구 위에 올리는 일본 전통 놀이기구-옮긴이)를 떠올리면서 만들었어요.'라고 대답하고 말았다.

카페에서 일하는 한편 글을 쓰는 일도 하고 있다. 말을 다루는 일이라 말이 더 무섭다. 무언가를 전달하려고 했을 뿐인데 말 한마디에 상처받기도 하고 오해를 사기도 한다. 하지만 말 한마디로 누군가와 부쩍 가까워지기도 한다. '고마워요', '고생했어요'라는 한마디로 마음이 사르르 녹을 때마다 말의 힘을 느낀다. 대화를 나눌 것, 상대를 알려고 할 것. 마스터가 언제나 '업무 중 수다는 자유'를 말하는 이유가 이런 이유일지도 모른다는 생각이 최근 들기 시작했다.

하루는 친구가 간식을 가지고 가게에 와준 적이 있다. 봉투 안에는 유명한 가게의 빵이 세 개나 들어 있었다. 카페 일은 많은 체력을 요구하는 일이라 금방 허기지기 때문에 무척이나 고마웠다. 바로 동료들과 나눠 먹으려고 따뜻하게 빵을 데웠다. 동료는 '마리가 받은 거잖아, 괜찮아.'라고 몇 번이나 사양했지만, 결국에는 둘이서 사이좋게 나눠 한입 가득 베어 물고는 '진짜 맛있다'를 연발했다. 퇴근 시간이라 동료에게 '수고했어, 내일 또 봐.'라고 인사한 뒤 화장실에 다녀왔다. 이미 집에 갔으리라고 생각했던 동료가 '빵 정말 맛있었어요. 잘 먹었습니다.'라며 나를 기다리던 친구에게 고개를 숙여 인사하고 있었다. 그리고 동료는 산뜻하게 몸을 돌려 귀가했는데, '저 친구의 저런 면이 정말 좋다니까'라고 다시 한번 반했다. 누군가 자신에게 중요한 사람을 소중하게 대하는 순간 이루 말할 수 없는 행복에 휩싸인다. 그것은 마치 자신을 긍정하는 것만 같은 감각으로 마음이 몽글몽글해진다.

지금까지 나는 사람의 단점만 보아왔다. 그저 일일 뿐이니 나 자신과는 분리해야겠다고 생각하면서도 저렇게는 하지 말아야겠다는 불퉁한 생각을 하며 지냈다. 물론 서비스업이기 때문에 지금까지도 그렇게 생각하게 되는 순간이 종종 있었고, 그로 인해 화가 나거나 의기소침해질 때도 있었다. 하지만 지금은 저렇게 되고 싶다고 생각하는 순간이 훨씬 많다. 다른 사람 덕분에 행복했던 일, 나를 일으켜 세워주던 말 한마디 한마디를 곱씹으며 누군가의 마음의 안식처가 되고 싶다고까지 바라게 되었다. 나는 마음이 건강하지 못했다. 그랬기 때문에 스스로 낮잡거나 다른 사람을 깎아내리며 나 자신을 보호하려 했던 것이 아닐까. 지금도 다른 사람들보다는 무너지기 쉬운 정신력을 가졌다고 생각한다. 그래도 사람의 장점에 집중할 수 있게 되었으니 예전보다 성장했다고 볼 수 있지 않을까?

예를 들어, 동료가 부루퉁하거나 토라져도 지금은 그것을 귀엽게 본다. 예전의 나라면 감정적인 충돌을 피하며 아무 말도 하지 않았을 테지만, 지금은 '있잖아, 혹시 기분 상했어?'라며 짜증 나는 참견을 한다. 그러면 상대도 피식 웃으며 '……응'이라고 인정해 같이 웃음이 터진다. 이런 동료와 오래오래 잘 지내고 싶다. 그래서 '호호 할머니 돼서도 같이 놀자'라는 간지러운 약속도 한다.

예전부터 '먹보 동물'이라는 과자를 좋아한다고 공언한 바 있다. 김비스라는 오래된 유명 브랜드에서 나온 동물 모양의 비스킷으로 굿즈도 팔고 있다. 어느 날 선배가 '이거 좋아한다고 했지?'라며 '먹보 수족관 시리즈' 뽑기를 주었다. 뽑기를 열어보니 한쪽 손을 든 북극곰이 온화하게 웃고 있는 자그마한 피규어가 들어 있었다. 그녀가 뽑기를 발견한 뒤 동전을 넣고 (그때 마침 동전이 있었는지는 모르겠다, 부러 지폐를 동전으로 바꿨을지도 모른다) 나를 위해 레버를 돌리는 풍경이 바로 떠올랐다. 내가 기뻐하니 다른 주변 사람들도 뽑기를 해서 주었다. 덕분에 이제 곧 완성이 코앞이다. 방에서 가장 잘 보이는 곳에 장식한 '먹보 수족관'의 북극곰과 고래가 빙긋이 웃고 있다. 오늘도 힘내서 일할 수 있을 것 같다.

별난 마스터

'별난 사람'이 세상에 많기도 많지만 우리 가게 마스터는 내가 아는 사람 중 가장 별나다. '주관이 강하다'거나 '개성 있다' 정도의 수준이 아니다. '이상한 사람'이라기보다 '광인'의 범주에 가까울지도 모르겠다. 이 가게에서 일하고부터 세상에 이런 대단한 사람이 존재하고 심지어 가게를 운영하기도 한다는 사실에 매번 놀라고 감동한다. 회식 자리에서 무심코 본인에게 직접 말해버린 적도 있다. 물론 마스터는 별로 대단하지 않다며 진지한 얼굴로 부정했다. 하지만 동료, 손님, 친구에게 말하거나 물어도 백이면 백 '그 마스터 좀 대단해'라는 답변이 돌아온다. 앞으로 몇 년을 더 살지 모르지만 죽기 직전 주마등이 스쳐 갈 때 반드시 마스터가 등장할 것만 같다. 그 정도로 커다란 존재이며 인생관에 크나큰 영향을 준 사람이다.

마스터는 하여간 대단하다. 모든 것이 대단하다. 겉보기에는…… 음, 그저 평범한 활기 넘치는 할아버지다. 현재 70대이지만 꽤 동안인 축에 속한다. 성격은 기본적으로 호방하여 누구와도 금방 친해지는 스타일이다. 상당히 꼼꼼한 면도 있어 소스 통이나 테이블 위치를 밀리미터 단위로 조정하기도 하고, 벽보에 글자를 쓸 때 자를 대고 쓸 정도로 철저하다. 참고로 마스터의 손글씨는 엽기적인 사건의 범인이 쓴 협박 편지의 글씨체와 비슷하다. 그리고 무엇을 하든 초 단위로 행동해서 운동선수 같기도 하다. '방금 간 손님은 지갑을 미리 준비하지 않아서 계산에 10초 걸렸어요'라거나 '쉬는 시간이 32분 늦어졌군요'라는 말을 일상적으로 한다. 게다가 가게의 누구보다도 강한 소녀 감성의 소유자로 귀여운 것을 정말 좋아한다. 로맨티시스트라서 매년 직원들의 생일에는 커다란 꽃다발을 한 아름 안겨준다. 여기까지는 좋은 점이다. 마스터는 좋은 사람이긴 하지만, 별난 에피소드의 분량이 압도적으로 많은 사람이라는 점을 기억해야 한다.

사생활에 관해 물으니 자영업자이기 때문에 건강에

남들의 배로 주의를 기울이고 있다고 했다. 그래서 매일 밤 욕실에서 200번 뜀뛰기를 한다고 자랑스레 말한 적이 있다. 굳이 왜 그런 운동을 하는지 이해가 가지 않아서 깜짝 놀랐다. 뜨거운 물을 받은 욕조 안에서 뜀뛰기를 함으로써 수압에 의해 발목이 단련되는 원리라고 했다. 그렇게 뛰면 욕조의 물이 몽땅 없어지지 않겠느냐는 생각이 들었다. 마스터가 지나친 욕조 점프로 무릎이 아프다 할 때는 미안하지만 실소를 금치 못했다. 건강은커녕 부상이라니. 그야말로 주객전도였다. 근력을 키우기 위해서 자전거를 타고 엄청 빠른 속도로 밤거리를 내달린다고도 한다. 자전거 페달을 미친 듯이 밟는 이는 우버 이츠 배달원 아니면 초등학교 남자애 정도라고 생각해 왔던 터라 입이 떡 벌어질 정도로 놀랐다. 무엇보다 위험하고 다칠 가능성이 크기 때문에 더는 그러지 말라고 제지했다.

매일 운동을 거르지 않기 때문인지 마스터의 신체적 능력은 상상을 초월한다. 하루는 마스터가 정원 나무에 물 주는 일에 심취한 나머지 도로로 튀어 나가 택시에 치일 뻔했는데, 그 순간을 가게 안에서 보았을 때는 피가 차게 식는 느낌이었다. 방금 차에 치일 뻔했다고 잔소리하자 자신이 차를 세웠다고 딱 잘라 말해 정신이 아득해졌다. 자동차를 몸으로 멈춰 세우는 기개를 지닌 사람이 현대에도 있다니.

마스터는 운동뿐만 아니라 식사에도 신경을 쓰고 있다. 영양제일주의로, 아침마다 종류만 서른 개가 넘는 식재료와 영양제를 섞은 특제 주스를 아내와 함께 마시고 있다고 했다. 과연 어떤 맛일지 궁금하다. 주스의 효능을 설명하는 마스터의 얼굴에 자부심이 가득한 걸 보니 그 효능이 좋긴 좋은가 보다.

덧붙여 말하자면 마스터의 아내 유미코 씨도 한 개성 하는 인물이다. 20대인 우리와 일하며 같은 눈높이에서 젊은 감성으로 대화하곤 한다. 어떤 날은 화려한 외모의 젊은 남자 손님 둘이 왔는데 유미코 씨가 한숨을 푹 쉬면서 '난 날티 나는 건 싫더라'라고 말해서 빵 터졌다. 그 말투는 껌 좀 씹던 언니들 말투가 아닌가. 이처럼 유미코 씨는 굉장히 솔직해서 기분 나쁜 손님과 부딪히면 '어우, 별로다!'라고 크게 말하기도 한다. 시원시원한 성격이라 기분이 상하는 일이 있어도 금방 훌훌 털어버리는 점이 장점이다. 가게에서는 마스터와 티격태격하지만 집에서는 유미코 씨가 압도적인 실세인 듯하다. 마스터는 늘 아내 말 들어서 나쁠 거 하나 없다고 말한다. 분명 귀염 받는 남편일 것이다.

인물 소개는 대강 이쯤에서 끝내고, 가게에서 빛을 발한 마스터의 별난 행동에 관해 이야기하고자 한다. 마스터는 어디까지나 보조 역할로, 아무리 바빠도 손님 응대나 음식 조리는 하지 않으나 손이 정말 부족하면 가끔 돕는다. 도움이 되긴 하지만 지나치게 열정적이라 미친 사람처럼 보일 때가 왕왕 있다.

예를 들어 카페 종사자라면 주문 받을 때 음료를 식사와 같이 달라고 하는 경우를 한 번쯤은 겪었을 것이다. 식전 아니면 식후라고 물었는데 '동시에'라는 대답이 돌아오면 조금 당혹스럽다. 프랜차이즈 가게라면 직원이 많아서 동시 제공이 가능할지 모르지만 적은 인력으로 돌아가는 개인 가게에서는 현실적으로 어렵기 때문이다. 직원들의 수고를 덜어주기 위해 그렇게 말하는 친절한 사람도 있고, 그저 단순히 SNS용 사진을 찍기 위해 같이 달라는 자기중심적인 사람도 있다. 특히나 가게가 바쁠 때면 동시에 음식과 음료를 내는 것은 상당히 힘든 일이다. 되도록 식전이나 식후 중에 선택을 부탁하는데, 이런 문제에 부딪혔을 때 마스터의 반응은 실로 대단했다. 마침 가게는 한창 북적이고 있었고 마스터도 허둥지둥하며 주문받고 있었다. 별 생각 없이 '아, 음료는 음식이랑 같이 가져다주세요.'라고 말하는 손님을 앞에 두고, '동시요?! 손은 두 개밖에 없는데 어떻게 음료와 음식을 동시에 만듭니까?!'라며 패닉 상태에 빠졌다. 당연한 얘기지만 그 손님도 패닉 상태가 되었다. 하지만 결코 부러 핀잔을 주려고 한 행동이 아니다. 마스터 본인은 매우 진지하고 순수한 의도로 물은 것이다. 초 단위로 살아가는 마스터에게는 음료와 음식을 함께 낸다는 일은 상상조차 할 수 없는 방식이었던 탓이다. 사실 애초에 그렇게까지 완벽한 동시를 요구한 것은 아닐 거다. 손님에게는 미안하지만 여느 때처럼 박장대소하고 말았다.

이처럼 마스터는 자기만의 룰을 준수하며 산다. 한번 결정하면 그것을 관철하는 자세는 멋있지만 때로는 뜻밖의 방향으로 흘러가기도 한다. 마스터는 기본적으로 셔츠에 슬랙스 차림으로 가게에 오는데, 하얀 셔츠를 입었을 때가 아니면 홀 업무를 할 수 없다고 한다. 유색 셔츠에서는 가게 사람의 아우라가 나오지 않는다는 것이다. 아무래도 본인 가게이고 마스터이니, 당당히 지켜도 된다고 생각한다.

가게가 매우 바빴던 어느 날, 누구도 하는 일에서 손을 뗄 수 없어서 계산대가 비었던 순간이 있었다. 마침 마스터가 홀을 방황하고 있었기 때문에 계산대를 부탁하려던 참이었는데 공교롭게도 그날 회색 셔츠를 입고 있었다. 손님 응대를 할 수 없는 날이었던 것이다. 계산대에서 기다리는 손님에게 '잠시만 기다려주세요!'라고 소리치면서 손을 씻었다. 그런데 갑자기 마스터가 주방 안으로 돌진하더니 딱히 아무것도 하지 않고 다시 밖으로 나가 아무렇지 않게 계산 업무를 보기 시작했다. 자기만의 룰을 버린 것일까? 나중에 '아까 왜 주방에 들어왔던 거예요?'라고 묻자 '손님 입장에서는 내가 가게 사람인지 모를 거 같아서 일단 주방에 들어가는 모습을 보여 가게 사람임을 어필한 거랍니다'라고 하는 것이 아닌가. 예의 그 의기양양한 얼굴을 하고 있었다. 아무도 보지 않는다고 말하고 싶은 것을 꾹 참으며 '그렇군요'라며 고개를 끄덕였다. 참고로 계산대에서 주방은 보이지도 않는다.

'매너 없는 손님과는 싸워도 된다'가 가게의 모토라

서 나도 동료도 비매너 손님의 말을 되받아치거나 쫓아내며 셀 수 없을 만큼 싸워왔다. 마스터도 옛날에는 이상한 손님은 마구 내쳤다고 하는데 지금은 성격이 유해진 건지 그럴 필요가 없어진 건지 싸우는 모습을 본 적이 없었다. 그러다 2년 전쯤 처음으로 목격한 마스터의 '리얼 싸움'은 지금도 잊을 수 없다.

그날은 정신없이 바쁜 일요일이었다. 손님이 계속해서 들이닥치는데 넓은 좌석에 커피 한 잔만 시킨 채 혼자 오랫동안 자리를 차지하고 있는 할아버지가 있었다. "카운터 자리가 비어 있으니 그쪽으로 이동해주시지 않겠습니까?" 부탁하자 "금방 갈거야"라고 대답했지만 만화책에 시선을 고정시킨 채 집에 갈 생각이 전혀 없어 보였다. 분위기 파악 좀 하라고. 심보가 못된 사람이라고 생각하며 팔짱을 낀 채 지켜보고 있었는데 마스터가 투우처럼 나타나 큰 소리로 말했다.

"도대체! 어째서! 자리를! 옮겨달라고! 했는데! 옮겨주지 않는 겁니까?! 밖에서 기다리는 손님이 있습니다! 왜 자리를 비켜주지 않는 건가요? 왜 집에 가지 않는 건가요? 왜 만화책을 계속 보고 있나요?"

초특급 사이다였다. 마스터가 나이가 있다고는 하

지만 그래도 성인 남성이다. 이렇게까지 말하면 보통의 손님은 조용히 집으로 돌아간다. 이 손님도 마지못해 계산하기에 이대로 집으로 돌아갈 거라 생각한 순간, 그는 발을 돌려 마스터에게 다가갔다. 할아버지는 '이봐, 손님에게 이렇게 대해도 되는 건가!'라며 소리쳤고, 활기차던 가게 안 사람들이 웅성거리기 시작했다. 하지만 나는 불의의 화신이라 솔직히 말하자면 두근두근했다. 가게 정중앙에서 싸우는 할아버지들을 볼 수 있는 것이다. 뜻밖의 행운이자 절경이었다. 대체 어떤 말로 이 손님을 쓰러뜨릴 것인가. 기대로 눈을 빛내고 있는데 마스터가 장승처럼 우뚝 서서 '왜 만화를 보고 계셨던 겁니까?!'라고 소리쳤다. '그러려고 돈 냈잖아!' 새빨개진 얼굴로 맞대응하는 할아버지에게 다시 '왜 만화를 보고 계셨던 겁니까?!'라고 미쳐버린 앵무새처럼 같은 말만 되풀이했다. 전혀 논쟁이 이어지지 않았다. 윤리나 매너에 대한 이야기를 할 줄 알았는데 어째서인지 만화책을 보고 있던 이유에 집착했다. 좁은 가게 안에서 마스터가 분에 못 이겨 발을 구르는 모습 또한 웃음 포인트였다. 여간해서는 말이 통하지 않을 것을 깨달았는지 그 할아버지는 욕지

거리를 내뱉으며 가게를 나갔다. 마스터의 압승이었다. 그렇게 소란을 떨어놓고 5분 후 여느 때와 같이 카운터 자리에 앉아 책을 읽기 시작해 또 웃을 수밖에 없었다.

물론 마스터의 고집스러운 성격에 반대 의견을 내고 싶을 때도 있고 의견이 충돌할 때도 있다. 그래도 존경할 점이 있어서 이 사람 아래에서 일해왔다. 이런 가게를 만든 것만으로 보통내기가 아니라고 생각한다. 마스터에게도 결점이 없지는 않다. 이상한 사람이니 미친 사람이니 부정적인 이미지를 가지는 사람이 더 많을지도 모른다. 그러나 자신의 생각을 관철하는 것, 자기 세계를 만들고 지켜내는 것은 녹록한 일이 아니다. 우리 마스터는 정말로 별난 사람이지만 그의 방식을 선망한다.

정의의 이름으로 널

이자카야에서 아르바이트하던 대학생 시절, 술 취한 직장인 무리가 '누님은 우리 중 누구랑 사귀고 싶나?'라고 묻기에 너네만 빼고, 속으로 대답한 적이 있다. 여성 속옷 제조사에서 일할 때는 변태남에게 전화가 자주 왔다. 전화로 생리용 속옷에 대한 질문을 하더니 '근데 당신은 지금 어떤 속옷을 입고 있나요?'라고 너무 당당하게 묻기에 '나 말야, 폐경했어.'라고 눈도 깜짝하지 않고 거짓말을 했다. 변태남은 바로 전화를 끊었다. 상대가 폐경했을 가능성조차 상상하지 못하는 가짜 변태였다. 고객이기 때문에 무엇을 말해도 용인된다고 생각하는 것일까? 직접 신체를 더듬는 범죄까지는 아니지만 성적 대상화되어 불쾌감을 느낀 적이 한두 번이 아니다.

여담이지만 카페 점원에게 반말하는 손님은 더 말할 것도 없다. 중년 남성들이 압도적인 비중을 차지한다. 젊은 사람들은 '부탁합니다', '감사합니다'와 같이 정중한 말씨를 쓰는데, 대체 아저씨들은 왜 그리 반말을 찍찍 하는지 참 알 수 없는 노릇이다. 갱년기 건강보조제라도 먹어야 할 판이다. 반대로 존댓말을 쓰는 것만으로 교양 있는 사람으로 보인다. 반말로 무례한 언사를 들으면 뇌의 혈관이 터질 것만 같이 열 받아서 '신문 좀', '이봐, 커피!'라는 말에는 무시로 일관한다. 우리는 당신의 하인이 아닐뿐더러 어디까지나 타인일 뿐입니다…….

이런 상황을 맞닥뜨릴 때마다 내가 여자가 아니었다면, 생각이 들곤 한다. 어린 여자 직원이라는 이유만으로 깔보는 태도는 지금까지 몇 번이나 경험했지만 매번 분노가 치민다. 이것은 고통에 가깝다. 대놓고 쳐다보거나 바쁜데 말 거는 것도 정말 싫다. 닳아 없어지는 느낌이다. 그래도 나는 포기하지 않고 나의 존엄성을 지키고 싶다. '남자는 기죽이면 안 돼'라거나 '여자가 돼서는, 좀 웃어라!' 같은 말을 들을 때면 도대체 어느 시대를 사는 거냐고 묻고 싶어진다. 어린 여자가 모두 온순하고 순종적일 거라고 생각한다면 크나큰 착각이다. 사소한 부분부터 목소리를 높여야 한다. '아니'라고 말할 수 있는 용기를 가진다면 조금씩 이 세상은 더 좋은 방향으로 나아질 것이다. 타인을 바꾸는 일은 어렵기 때문에 나를 바꾸는 길을 선택했다.

전혀 환영받지 못하는데도 매일 가게에 와서 커피를 마시며 여자 직원을 빤히 보는 중년 남자가 있다. 자칭 사진사라는데 늘 비엔나커피를 주문해서 직원들은 심플하게 비엔나 사진사라 부른다. 계산할 때마다 '내가 한 잔 살게'라든지 '수제 버거 좋아하나? 맛있는 가게 아는데 사줄게.'라고 마음에 드는 여자 직원에게 추파를 던져서 모두 불쾌해한다. 그냥 쳐다만 보는 것만으로도 소름이 돋는데 심지어 하루에 두세 번이나 오기도 한다. 대체 뭐가 아쉬워서 개인 시간에 손님일 뿐인 아저씨와 밥을 먹어야만 하는지. 항상 모자로 가리고 있는 더벅머리도 못 견디겠다. 볼 때마다 '밥 사줄게'라고 윗사람처럼 구는 말투도 이해가 안 간다. 비엔나 사진사가 가게에 올 때면 '젠자아앙'이라고 속으로 생각하곤 하는데 입 밖으로 낼 뻔한 적도 있었다. 나는 처음부터 차갑게 응대한 덕에 말을 걸어오지 않았지만 동료에게 계속 밥 먹자고 한다는 이야기를 들을 때마다 너무 화가 난다. 여기는 어디까지나 카페지, 접대할 의무 따위 없는 곳이다. 식당에 그런 불순한 의도를 가지고 오지 않았으면 좋겠다.

방문이 잦은 만큼 쌓인 것이 많아서 어느 날은 비엔나 사진사가 가게를 나설 때 그동안 생각하던 것들을 모두 말했다. 가게 안에서 말하지 않은 건 나름의 마지막 배려였다.

"당신이 우리 가게 여자 직원에게 치근대는 거 익히 들어 알고 있습니다. 당연한 말이지만 모두 싫어하고요. 당신이 밥 먹자고 하는 걸 기뻐할 리 없죠. 우리는 술집이 아니니까 다시는 오지 말아주시겠습니까? 솔직히 말해서 민폐입니다."

그 인간은 시치미를 뚝 뗐지만 점점 겸연쩍은 듯 '아아, 그래.'라며 쓴웃음을 짓더니 물러났다. 불쌍한 중년 아저씨는 가게 안에서 볼 때보다 현격히 더 나이 들어 보였는데, 다시 한 번 여자나 밝히는 아저씨라는 사실에 열이 뻗쳤다. 대단한 민폐 손님이다. 고작 몇천 원밖에 안 하는 커피 값으로 여자를 꾀려고 했다니, 추잡하기 그지없다. 그는 카페에 다시는 오지 않았다.

어쩌면 이렇게까지 말할 필요도 없었을지 모른다. 추파에 응하지 않으면 그만인, 모른 척 지나가면 될 이야기였을지도 모른다. 하지만 나는 또래의 여성들이, 소중한 동료가 얕보인다는 사실을 도저히 참을 수가 없었다. 상대가 싫어한다는 부분에서 이미 민폐 행위이며 엄청난 성희롱인 것이다. 성희롱은 어떤 관계나 형태에 상관없이 용인될 문제가 아니다. '그 정도는 너그러이 봐줘도 되잖아', '닳는 것도 아니고'라고 말할 수 있는 사람은 부디 자신의 얕은 생각을 자각하고 회개하길 바란다. 성희롱뿐만 아니라 그저 일하고 있을 뿐인 직원에게 불쾌감을 주는 일은 없어야 한다. 이런 일을 보면 심장이 열렬히 반응하기 때문에 나는 침묵할 수 없다.

이보다 훨씬 속이 뻥 뚫리는 사건도 있었다. 동료시짱에게 들은 그녀의 무용담이다. '동료 소개서'와 함께 읽으면 그녀의 사람됨을 알 수 있다. 시짱이 혼자 근무하며 가게 일을 보던 어느 날이었다. 여름 휴가철이었던 탓에 평소보다 많은 손님으로 가게가 붐볐다. 혼자서 서빙, 조리, 설거지, 테이블 정리와 소독, 계산을 한다는 것은 아무리 작은 가게여도 힘든 법이다. 가게가 작아 직원 혼자 모든 일을 도맡고 있는 상황은 누가 봐도 알 수 있어서 손님 대부분이 느긋하게 기다려주었는데, 한 사람만은 예외였다. 중년에 체격 좋은 반백의 남자 손님이었다. 한 달에 한 번 올까 말까 했지만 오랫동안 우리 가게를 다니기도 했고 우락부락한 풍모가 인상 깊어 우리 모두 그 존재를 알고 있었다. 하여간 시짱은 매우 혼잡한 가게를 홀로 보느라 테이블 뒷정리도 마음처럼 쉬이 하지 못하고 있었다. '지금 바로 치워드릴 테니 앉아서 잠시만 기다려주세요'라고 말하는 시짱에게 반백의 손님은 갑자기 큰소리로 화를 내기 시작했다.

'대체 왜 이렇게 사람이 많은 거야?', '빨리 치우라고, 멍청아.'라고 욕지거리를 해대다 종국에는 '마스터 나오라고 그래!'라고 시비를 걸어왔다. 잠시만 기다려 달라고 말했을 뿐인데 돌연 고함치며 다른 사람에게 욕하는 것을 보면 정상은 아니었다. 그렇지 않아도 직원은 홀로 한계까지 내몰려 일하고 있는데, 그 손님은 얼토당토않은 큰소리로 사람을 위축되게 하는 수준 미달의 인물이었다. 반백의 손님은 키 180cm, 체중 80kg을 거뜬히 넘어 보였다. 남성이 내지르는 고성은 위협적이었으나 힘으로는 도저히 해결할 수 없었다. 참다못한 시짱이 '경찰 부를 거예요'라고 하자 바로 꼬리를 내리고 가게를 떠났다.

우리 카페는 보통의 카페가 아니다. 이렇게 끝낼 위인들이 아니다. 시짱은 도망치는 반백의 손님을 100m 정도 쫓아가 '나는 혼자서 최선을 다하고 있었다고!!!'라고 사자후를 토했다고 한다. 그 장면을 상상하자니 꽤 웃기다. 덩치 큰 중년의 남자가 가냘프고 어린 여자 직원에게 쫓기는 모습을 상상하는 것만으로도 기분이 상쾌해진다. 가게에 손님을 방치하는 한이 있더라도, 우리는 뛰쳐나가 꼭 되갚아준다. 자주 있는 일은 아니니 오해 없길 바란다. 시짱, 고마워. 대체 누가 바보란 건지. 우리는 심장에 호랑이를 키우고 있다.

우리가 사랑한

2020년은 역병 창궐 사태를 맞은, 잊을 수 없는 한 해였다. 직원으로서 카페가 손님들을 통해서 지켜진다는 사실을 실감하기도 했다. 이번에는 우리 가게를 아껴주는 손님들을 소개하려 한다.

불필요한 친절은 자제하자는 주의이다 보니, 정말 무뚝뚝하게 손님을 응대하는 편이다. 싫어하는 손님에게는 '어서 오세요'라는 인사조차 하지 않는다. 그래도 괜찮다고 생각하기도 하고 내가 손님일 때 직원이 나처럼 응대해도 전혀 기분 나쁘지 않기 때문이다. 종종 외국 서비스 스타일이라는 말을 듣기도 한다. 그런 나에게도 '최애 손님'은 있다. 보기만 해도 기분 좋아지는 구세주 같은 존재다.

제일 먼저 'God 세븐'이라는 별명의 중년 남성을 조심스레 자랑하고 싶다. 그분은 매주 목요일 가게를 방문할 때면 90도로 인사하는 예의 바른 어른이다. 정중한 말씨와 행동은 물론이고 물을 따라줄 뿐인데 합장하며 감사 인사를 한다. 어느 늦은 밤, 가게 근처 세븐일레븐에 들렀는데 그분이 근무하고 있었다. 역시나 그분은 모든 손님을 신을 받들 듯이 응대하고 있었다. 그것이 'God 세븐'이라는 별명의 유래다. God 세븐은 가게에 있을 때는 조용한 인상을 주었는데, 편의점에서는 '어서 오십쇼'라고 하이톤의 목소리로 환영 인사를 연발해서 가히 충격적이었다. 그는 심야 근무를 끝내고 우리 가게에 와서 행복한 한때를 보내는 듯했다. 언제나 괴발개발 열심히 일기를 쓰고 있어서 언젠가 한 번은 읽어보고 싶다. 감히 신의 일기를 보고 싶다니 굉장히 송구한 일이지만.

보통은 한 달에 한 번 올까 말까 한 무뚝뚝한 언니가 코로나 시국에는 매일 와줘서 츤데레처럼 느낀 적이 있다. 평소에는 잘 웃지도 않고 말도 섞어본 적도 없지만 가게 매출이 위험했을 즈음에는 매일 같이 찾아와 줘서 감동했다. 언니는 언제 봐도 빛이 나는 도시 미녀인데 늘 의자에 다리를 쩍 벌린 자세로 앉아서 이미지 갭이 상당하다. 보통은 혼자 오는데, 예전에 남자친구와 왔을 때도 시종 '쩍벌' 자세였다고 한다. 그 한결같음에 신뢰할 만한 사람이라고 생각했다. 지금은 자주 오지 않는데, 가게 상황은 좋아졌다는 방증일지 몰라도 소중한 손님을 잃은 것 같아 섭섭하기도 하다.

액션 배우와 똑 닮아 성룡이라는 별명을 가진 손님은 해사하게 웃는 얼굴로 우리의 마음을 사로잡았다. 모두 성룡 씨를 좋아해서 샐러드를 수북하게 쌓아 주거나 레몬티의 레몬을 부러 큰 놈으로 골라 주기도 한다. 마음이 요리에 여실히 반영되는 것을 보면 다들 참 알기 쉬운 사람들이다. 하지만 몇 해 동안 직원들이 성룡 씨라고 불러왔다는 사실은 당사자에게는 말할 수 없다. 별명은 손님에게 절대 들켜서는 안 된다.

아침 시간대에 찾아오는 예의 바른 여자 대학생도 정말 좋아하는 손님이다. 언제나 수줍게 살며시 인사하며 가게에 들어오는데 그 행동만으로도 이미 심장이 아프다. 늘 혼자 와서 책을 읽으므로 매번 기회만 엿보다 끝난다. 대신 그녀가 언제나처럼 주문하는 비엔나커피에 생크림을 흘러넘칠 정도로 잔뜩 올려주며

'어머, 손이 미끄러졌네!'라고 작은 거짓말을 한다. 주책맞게 애정을 숨기지 못하고 생크림을 한 됫박 올려서 미안하기도 하다.

그저 여자에게 말 걸고 싶어 하는 변태가 많은 점이 직원들의 고민거리라 그런지, 우리가 가장 감사하게 여기는 손님은 직원에게 관심 없는 사람이다. 별 감정 없이 커피를 마시고 말을 걸지도 않고 담백하게 집으로 돌아가는 손님이야말로 우리의 힐링 그 자체이자 빛이다. 조금 친해질라치면 끈덕지게 들러붙는 남자들이 많은 탓인지 건조한 태도를 보이는 사람에게는 오히려 두근거린다.

교수님이자 춘추가 아흔인 손님이 그중에 가장 대표적인 인물이라고 할 수 있다. 그 손님은 어느 대학의 명예 교수로 고령에도 불구하고 지금까지도 계속 일하고 있다. 매일 가게에 출근 도장을 찍은 지도 몇십 년째로, 모두의 마음을 사로잡은 부동의 최애다. 침팬지 같은 사랑스러운 행동(가끔 코딱지를 파서 튕기지만 용서한다)과 따듯한 성격이 인기의 비결인데, 우리의 사랑을 얼마나 받고 있는지 당사자는 전혀 신경 쓰지 않는 점이 가장 좋다. 말을 걸면 두세 마디 대꾸해주기는 하지만 그다지 사람에게 관심이 없어 보여서 편하게 대할 수 있다. 연세가 아흔이기 때문에 약간 멍해 보일 때도 있지만 그것조차도 매력으로 꼽는다. 매일 가게를 방문하지만 '음, 그거 주문하고 싶은데…… 뭐였더라……'라며 언제나 주문에 고심한다거나 짚고 온 지팡이를 두고 집에 간다거나 마스크가 턱 밑으로 잔뜩 내려가 있는데도 아무 대처도 하지 않는 등 하여간 눈을 뗄 수 없는 사람이다.

교수님의 입버릇은 '예예'인데 이 '예예'로 모든 대화가 가능하다.

"안녕하세요?"

"예예."

"커피로 하시겠어요?"

"예예."

이런 식이다. 작년 설에 친한 단골에게는 신년 인사를 하자고 나름의 용기를 쥐어짜 '새해 복 많이 받으세요'라고 인사를 건넸는데 '예예'라는 대답이 돌아왔다. 90년이나 살면 설날에 별다른 감흥이 없을 수도 있지만 어쩐지 실연당한 기분이었다. 하지만 그 한결같음이 정말 사랑스럽다! 다음 설날에도 기죽지 말고 다시 도전해야겠다.

마쓰다 군이라는 청년과는 시나브로 친해진 사이다. 언제부터 우리 가게에 오기 시작했는지 기억나지 않지만 재택근무를 할 때면 매일 같이 우리 가게를 찾았다. 마쓰다 군은 늘 좋은 향이 나고 청결한 느낌이 드는 사람으로, 깔끔하게 먹고 책을 읽으며 조용히 있다 가는 모습이 인상 깊었다. 그러다 어느 날을 기점으로 갑자기 친해져 같이 수다를 떨기도 하고 책을 서로 빌려주기도 했는데, 그 후로도 존댓말을 유지하며 처음과 같이 예의 바르게 행동했다. 하는 행동이 예쁘다 보니 식사나 음료를 준비하다 보면 나도 모르게 양을 더 담게 된다. '우리끼리 친한 척 맛쓰라고 불러요'라는 사실을 밝혀도 '애칭을 붙여주시다니 영광입니다'라고 빙긋이 웃을 뿐이다. 그는 사람들이 주변에서 추켜세워도 절대 우쭐해지지 않는 평정심을 가진 사람이었다. '먼저 들어가 보겠습니다'라며 퇴근할 때 마쓰다 군도 '수고하셨습니다'라고 인사해주는 점은 조금 웃음이 나온다. 민폐 손님이 올 때면 맛쓰 씨를 보고 좀 배우라고 잔소리할 정도로 그는 손님의 모범 같은 청년이자 우리의 자랑 같은 손님이다.

올해 가장 충격적이었던 사건이 하나 있다. 나는 카페를 정말 좋아해서 쉬는 날에도 카페 탐방에 여념이 없다. 일전에 동네를 배회하다 취미 활동을 통해 알게 된 사람으로부터 카페 덕후들 사이에서 전설로 회자되는 카페에 관한 이야기를 들었다. 그곳은 SNS 노출을 일절 금지하고 가게의 주소도 인터넷에 올리지 않는 엄격한 신비주의 정책이 있어 아무리 검색해도 찾을 수 없는 가게였다. 하여간 외관부터 독특하다는 정보와 전설이라는 소문에 매료된 우리는 아주 적은 단서를 가지고 그 가게를 찾았다. 역에서 도보 20분 정도 거리의 한적한 주택가에 홀연히 모습을 드러낸, 독특한 외벽을 본 순간 '여기다!'라고 확신했다. 일반적인 민가였지만 외벽에는 일관성 없는 그림들이 가득 그려져 있어서 은은한 광기를 풍겼다. 그냥 낙서가 아니라 어딘가 신념이 담긴 그림들이었다. 간신히 작은 글씨로 '카페입니다'라고 쓴 표지를 찾았다. 대체 어떤 비범한 인물이 운영하는 가게일지, 두근거리는 가슴을 안고 문을 열자 '어서 오세요'라는 인사와 다가온 이는 다름 아닌 우리 가게 단골이었다.

그때는 정말이지 뿜을 뻔했다. 어쩐지 내 인생의 축

소판 같은 장면이라고 생각했다. 그 단골이자 마스터는 우리 가게에서 아침 식사를 하는 부부였다. 단골이라 해도 매일은 아니고 어쩌다 한 번 찾아오는 정도였지만, 부드럽고 조심스럽게 사람을 대하는 태도가 인상적이어서 기억에 남는 손님이었다. 독특한 가게라고 하지만 이 부부의 서비스 점수는 만점이었다. '취미로 하는 가게예요'라고 겸손하게 말했지만, 그런데도 '전설'이라고 불리고 있어 오히려 더 멋있었다. 그런 이유로 한참 이야기꽃을 피우다 서로 '또 방문할게요'라며 약속하고 가게를 떠났다. 그들은 지금도 종종 가게를 찾아온다. 이것은 '신기한 인연'이라기보다 '어마어마한 자장'이라고 생각한다. 이렇게 재밌는 일도 있기 때문에 인생을 포기할 수 없다. 끝없는 탐구는 계속된다.

천문학자가 천체를 관찰하듯이, 커피를 내리며 단골들의 인생 면면을 관찰한다. 단조로워 보이지만 일상은 눈이 돌아갈 정도로 빠르게 돌아간다. 시인으로 알고 있던 사람이 어느 날 우버이츠 배달원이 되기도 하고, 오랫동안 만나오던 커플이 헤어지기도 하고, 최근 들어 가게에 오지 않던 여자 손님이 갓난아기와 함께 방문하기도 한다. 하지만 손님에게 그다지 말을 걸지 않는다. 평소와 같이 대한다. 말 걸어오는 것을 불편해하거나 적당한 거리를 두고 싶어 하는 사람도 있고, 직원이 기억하는 것을 쑥스러워하거나 부끄러워하는 사람도 있기 때문이다. 내가 그렇듯이 말이다. 말을 나누지 않고서도 서로를 배려하는 것은 충분히 가능하다. 눈이 마주치는 순간 언제나 그렇게 생각한다.

카페 긴급사태

2021년 새해가 밝은지 얼마 안 되어 도쿄를 비롯한 수도권 세 개의 지역(사이타마현, 지바현, 가나가와현)을 대상으로 긴급사태 선언을 발령했다. 음식점의 시간 단축 운영 요청도 더해져 꽤 힘든 상황이었다. 그렇지 않아도 작년부터 음식점들이 줄줄이 문을 닫는다는 소식이 끊이지 않았다. 코로나바이러스의 확산 방지를 위한 외출 자제와 음식점의 영업시간 단축 정책으로 매출에 커다란 타격을 입은 가게들이 많을 것이다. 특히 처음 긴급사태 선언이 발령되었던 2020년 4월 7일부터 5월 25일은 우리 가게도 손님이 30% 이하로 격감했다. 한동안 확진자 수가 안정되기도 했지만 2020년 12월부터 또다시 폭발적으로 증가하여 한때 일일 확진자 수가 2,000명을 넘기도 했다.

미지의 바이러스와 정부의 답답한 대처에 휘둘려 엉망인 해였다. 지금까지 가게가 버틸 수 있는 건 가게를 지키기 위한 여러 사람의 보이지 않는 노력 덕분일 것이다.

2020년 3월 초순, 우리 가게는 역대 최고의 매출을 찍었다. 마스터도 놀랄 정도의 호조가 계속되었고 정신없이 바쁜 나날을 보내고 있었다. 2월은 남의 일처럼 여겼던 코로나바이러스가 국내에서도 유행하기 시작했던 시점이었다. 코로나가 조금 무섭기는 했지만 가게가 잘되는 상황에 만족해하고 있었다.

양상이 바뀌기 시작한 것은 3월 말, 도쿄도지사의 기자회견 이후 손님들의 발길이 서서히 줄어들었다. 그쯤은 마스크나 화장지의 사재기 등으로 개인적인 생활에도 지장이 있을 정도였지만, 가장 당혹스러운 것은 가게의 상황이 여느 때와 다르다는 사실이었다. 그렇게나 붐비던 가게였는데… 긴급사태 선언이 발령되고 나서는 모두 외출을 삼가게 되었고 언제나 만석이었던 가게가 텅 비는 일도 적지 않았다. 당시에는 일하다가 확진될지 모른다는 불안과 이대로 매출이 떨어지다가 가게가 망할지도 모른다는 걱정에 잠 못

이루는 밤을 보냈다.

눈에 보이지 않는 대상과 싸워야 한다는 공포는 적어도 지금까지의 인생에서 경험한 적 없는 일이었다. 가게에서 할 수 있는 건 모두 했다. 알코올 스프레이의 주문량을 늘리거나 자주 환기하거나 손님이 바뀔 때마다 테이블을 소독하는 등 방역에 매우 신경을 썼다. 도쿄도에서 무지개 마크의 감염 방지 철저 선언 스티커를 가게 앞에 붙이도록 하는, 수수께끼 같은 정책에 참여할 것을 촉구했지만 도대체 의미를 알 수가 없어 우리 가게는 참여하지 않았다. 그런 스티커를 붙이지 않아도 마땅히 할 일을 한다면 되는 것 아닌가. 그렇다 하더라도 손님이 전혀 오지 않는 날도 있었다. 누구의 잘못도 아니기 때문에 그럴 때는 평소에 할 수 없었던 청소를 하거나 휴게 시간을 늘려 시간을 보냈다.

마스터는 손님이 없는 순간을 벼르다가 자신이 좋아하는 음악을 엄청나게 크게 틀곤 했다. '꼭 해보고 싶었어'라며 황홀해하는 모습을 보니 긍정의 화신을 만난 느낌이었다. 우리 가게는 영업을 시작한 이래로 단 한 번도 문을 닫지 않았다. 듣자 하니 10년 전 동일본대지진 때도 가게를 열었다고 한다. 유사시에 가게가 언제나처럼 열려 있다는 사실은 누군가에게 안도감을 주는 일일지도 모른다. 변함없는 일상에 감사할 때가 있으니까. 나도 감염 위험이 있음에도 출근해서 누군가와 만나 대화하며 꽤 위로받았다. 혼자 살고 있기 때문에 더욱 그랬다. 손님들도 재택근무 덕분에 가게에 올 수 있는 것만으로도 감사하다고 말하곤 해서 매출은 적더라도 가게를 열어 다행이지 않았나 생각한다.

긴급사태 선언 기간에는 테이크아웃이나 음료 쿠폰 판매도 진행했다. 선배와 상의 끝에 마스터에게 제안했는데 이와 관련한 업무 전반을 일임 받아 더욱 열심히 준비했다. 테이크아웃용 용기의 수급이나 가격 책정에서 어려움을 겪기도 했지만, 카페 구성원들의 노력과 손님들의 협력 덕분에 결과적으로는 성공했다. 어쩌다 한 번 오던 손님이 빈번하게 테이크아웃으로 주문하기도 하고 음료 쿠폰이 싸다며 몇 장이나 사 가기도 했다. SNS에 '테이크아웃 가능'이라고 퍼뜨려준 사람도 많았다. 소리 내어 말하지 않아도 가게를 살리자는 마음이 전해진 덕분에 우리도 위축되는 날이 적었다.

유일하게 곤란했던 일은 감염 위험에 대해 과민하게 반응하는 손님이 불만을 말할 때였다. 좌석 간 간격, 다른 손님이 제대로 마스크를 끼고 대화하고 있는지, 환기는 얼마나 자주 하고 있는지 등 질문 공격을 받거나 컴플레인을 듣는 일도 잦았다. 특히 전부터 위험인물로 예의주시하던 아주머니가 닫힌 창문을 무리하게 열려고 할 때는 '그럴 거면 집에 있는 편이 낫지 않나요'라는 말이 입 밖으로 나오고 말았다. 페이스 쉴드를 하고 가게에 오는 철저함은 그다지 상관없지만, 무엇이든 자기 기준에 맞추려는 사람은 피곤한 법이다. 그렇게 신경이 쓰이면 카페에는 오지 않는 편이 서로에게 좋지 않을까. 개인의 가치관을 맞추는 일은 정말 어려운 일이라고 생각하지만 다른 사람의 말과 행동, 가게의 방식에 트집을 잡을 정도라면 조금 심한 말이지만 가게에 오지 않았으면 한다.

그렇지만 손님들 대부분은 너그러웠다. 계산할 때 '몸조심하세요'라고 말해주기도 하고 간식거리를 전해주기도 해서 그 따스함에 마음이 녹아내렸다. 주문할 때 반드시 마스크를 착용하는 배려에도 감사했다. 다른 가게가 문을 닫은 영향으로 우리 가게에 흘러들어 온 신규 손님도 있었다. 보통은 별생각 없었는데 오히려 무뚝뚝했던 단골이 친절을 보이면 더 큰 감동을 하곤 했다. 어쩐지 간질간질한 기분이다.

정말 어쩌다 한 번 찾아오던 오빠가 긴급사태 선언 기간 동안 매일 가게에 와준 일은 절대 잊지 못한다. 자애로운 신처럼 보였다. 원래도 사려 깊고 착한 성정으로, 가게 안에서 넘어진 어르신을 보자마자 달려가 부축할 정도로 좋은 사람이라는 것은 알고 있었지만 이 일을 통해 한층 더 오빠에 대한 애정이 깊어졌다. 오빠는 별달리 우리에게 말을 걸지는 않았지만 가게를 살리고자 하는 마음은 충분히 전해졌다. 테이크아웃도 자주 이용해줘서 정말 도움이 많이 되었는데 긴급사태 선언 이후에는 전혀 가게에 오지 않아서 아쉬울 따름이다. 영화에 나오는 그림자 히어로 같다. 실제로 오빠는 픽사 영화에 나올 법한 표정을 짓곤 한다.

지금은 지우긴 했지만 가게의 SNS 계정을 만들어 홍보한 것도 효과가 좋았다. 영업시간 안내나 추천 메뉴, 테이크아웃 서비스 소개를 트위터에서 보고 찾아오는 손님이 늘었다. 계정을 홍보해 주는 사람도 있어서 가게를 알리는 좋은 계기가 되기도 했다.

어느 날 긴급사태 선언 발령 후 종종 가게를 찾아 주던 여자 손님이 돌아간 뒤 테이블을 정리하는데 작은 메모가 놓여 있었다. '여기가 제일 좋아하는 카페예요. 결혼하고 이사 가면서 자주 못 오게 됐는데 트위터 보고 힘이 되어 주고 싶어서 이렇게 찾아왔어요. 점원 아가씨 혼자서 힘들겠지만 늘 응원해요.'라고 단정한 글씨로 쓰여 있었다. 온몸에 전류가 흐르는 느낌이었다. 그때 혼자 가게를 보고 있었는데, 하필 가게가 붐벼서 힘들던 차였다. 그 손님은 음료 쿠폰도 구매하면서 이런 손 편지까지 남긴 것이다. 그 애정 어린 마음이 기뻐서 그 메모는 지금까지도 부적처럼 소중히 간직하고 있다.

SNS 정찰대

우리 가게에는 SNS 정찰대가 있다. 가게 이름을 검색해서 가게와 관련해 뭐라고 쓰였는지 어떤 사진이 올라와 있는지 확인한다. 인스타그램, 트위터, 그리고 구글 지도 리뷰까지가 정찰 영역이다. 시간 외 업무이긴 하지만 착실히 수행하고 있는 업무다. 나는 트위터만 담당하고 있는데, 가게 이름뿐만 아니라 가게 이름+지명, 지명+카페 등 다양한 조합으로 검색한다. '꼭 가고 싶었던 OO에 다녀옴', 'OO 대박!' 이런 엄마 미소 짓게 하는 내용이 대부분이지만 개중에는 '어째서 이런 내용을 일부러 전 세계에 대고 쓰는 거지?' 싶은 내용도 있다. 그런 사람은 다른 글에서도 설교를 늘어놓고 있기 때문에 마음대로 하라고 무시한다. 최근에는 마스터까지 스마트폰으로 카페를 검색하고 있어 웃음이 나온다. 때로는 구글 리뷰에서 '커피 맛없음'이란 글을 보고 미각에 문제가 있는 사람인 것 같다며 열을 올리기도 한다.

친구 중에 카페에서 일하는 사람이 몇 있는데, 그들도 매일 가게를 검색하다 가끔 뭐하는 놈이 쓴 건가 싶은 댓글을 본다며 입을 모아 말한다. 다른 가게도 착실하게 SNS 정찰 중인 것 같다. 안 그런 척하지만 댓글 하나, 게시글 하나에 일희일비한다. '안 좋은 댓글 보면 역시 신경 쓰여!'라고 속상해하기도 하는데, 그 정도로 SNS 사회가 되었나는 방증이 아닐까. 약간 유명한 사람이 언급만 해도 쉽게 폭발적인 관심을 얻을 수 있고 한번 입소문을 타면 손님 유입도 좋아진다. 계산할 때 'OO씨가 여기 왔다고 인스타에 올려서 와봤어요'라고 말하는 손님도 있을 정도다. 왠지 요즘 붐빈다 싶으면 연예인이 왔거나 SNS에서 화제가 되었던 사례가 대부분이다. 연예인 이외에도 카페 전문가나 맛집 관련 유명인이 홍보해 주기도 한다. 감사한 경우가 대부분이지만 때때로 기분 상하는 글을 SNS에 올리는 사람도 있어 고민이 깊다.

아무래도 손님 중에는 인스타그램을 이용하는 젊은

세대가 많은 편이다. '인스타 감성'이라는 단어가 생긴 것처럼 인스타그램에 글을 게시했을 때 소위 있어 보이는 사진을 찍는 일에 여념이 없는 사람이 있다. 카페에 왔다는 사실은 사소한 일 같지만 소중한 추억이 되기에 음식이나 사람을 사진으로 남기려는 모습을 보면 절로 미소가 지어진다. 반면에 적당히 했으면 하는 경우도 많다.

'음식 나왔습니다'라며 양손 가득 들고 있는데 신경도 안 쓰고 사진 촬영과 편집에만 몰두하는 사람이 있다. '당신들이 물과 물수건을 치우지 않으면 접시를 둘 수가 없습니다'라는 말이 목 끝까지 차오른다. 부러 말할 필요도 없는 일이기 때문에 조용히 그대로 기다린다. 눈치 빠른 손님은 바로 테이블 위에 접시를 놓을 공간을 착착 준비해 준다. 그러나 자기만 생각하는 사람들은 스마트폰을 보면서 가장 잘 찍힌 사진을 고르거나 SNS 업로드에만 열중하는 탓에 인스타충이라는 멸칭이 생겨난 이유가 절로 수긍이 가기도 한다.

인스타그램에는 스토리라는 보통의 게시물과 다른, 보다 일상적인 순간을 공유할 수 있는 기능이 있다. 사진이나 동영상, 실시간 라이브 송신이 가능한데, 누구의 허락도 없이 가게 안을 동영상으로 찍어 스토리에 올리는 사람들은 좀처럼 이해하기가 어렵다. 영상이나 사진을 찍고 있는 본인에게 아무런 악의는 없지만, 업로드를 통해 전 세계의 누구나 보게 된다는 사실을 염두에 두고 다른 사람을 배려하는 상상력을 발휘했으면 좋겠다. SNS 시대에 걸맞은 네티켓을 갖추었으면 한다. 직원이 배경으로 찍힌 동영상이나 사진까지 아무렇지 않게 올려, 원치 않게 내 사진이 인터넷이라는 망망대해에 떠돌 때가 있다. 나중에 가게를 검색하다가 허락 없이 올라간 사진이나 동영상을 본 직원은 가슴만 치는 것이다. 애초부터 찍어도 된다고 허락한 적도 없거니와 올려도 된다고 한 적도 없다. 적어도 비공개 계정에 올려야 하는 거 아닌가. '배려심 있는 사람은 다른 손님이나 점원의 얼굴에 모자이크 처리해주는데 당신들은 대체 뭐 하시는 거죠?' 항의의 목소리가 내면에서 들끓는다.

SNS에 자기 얼굴이 찍힌 사진이 올라오는 것을 정말 싫어하는 동료가 있는데, 그런 사진을 발견하면 가짜 계정을 만들어 메시지를 보내 삭제를 요청한다. 가짜 계정까지 만들었다는 사실에 웃음을 참을 수가 없었지만 최선의 반격이었다고 생각한다. 프로필에 '50 years old'라고 적혀 있어 충격을 받았다. 세상 물정 모르는 어린 친구라고 생각했는데 다 큰 어른이었다니. 게시물에 약간의 '좋아요'가 눌려 있는 탓인지 상대는 글을 지우기 주저하는 듯했고 '관심종자 등장'이라고 속으로 생각했다. '어째서 오십 넘은 아저씨한테 가짜 계정까지 만들어 주의를 줘야 하는 거야?'라고 동료는 분노했다. 실로 맞는 말이다. 제발 SNS는 배려심을 갖고 사용합시다.

기본적으로 직접 검색하는 과정에서 발견하는 편이지만 드물게 손님들이 제보하는 경우도 있다. 2년 전쯤 자주 오던 중년 남자 손님에게 커피를 내자 머뭇머뭇 '아, 저기…….'라며 말을 걸어왔다. 슬며시 스마트폰을 꺼내기에 잠시 기다렸더니 트위터 화면을 내보였다. '최근 이 가게를 발견하고는 좋은 곳이라고 트위터에 올렸는데요'라고 상기된 목소리로 말을 이었다. 그 글에는 우리 가게의 매력을 소개하는, 최대 입력 글자 수를 꽉꽉 채운 정성스러운 설명과 네 장의 전문가가 찍은 듯한 사진이 있었다. 물론 사람들의 얼굴은 찍히지 않은 완벽한 상태였다. 가게의 외관까지 예쁘게 찍어 올려져 있었다. 하려던 말이 이것뿐인가 내심 생각하면서도 '멋지게 홍보해주셔서 감사합니다'라고 인사를 전했다. 그러자 그는 어깨를 툭 떨어뜨리며 왠지 잔뜩 풀 죽은 목소리로 중얼거렸다. '…에요.' '네?' '좋아요 수가 9개뿐이에요' 절망적인 눈이었다. '더 있을 줄 알았어요'라고 독백하는 중년 남자 앞에서 뭐라 말하면 좋을지 할 말을 잃었다. 하지만 이쪽은 SNS가 익숙한 세대다. 90년대생의 인터넷 실력을 얕보면 안 되지. '팔로워가 그렇게 많지는 않은가 보네요?'라고 슬쩍 말을 던졌다. 하지만 홈 화면을 보니 팔로워가 600명이나 되었다. 꽤 많은 수였다. '업로드 타이밍이나 여러 요인이 있어 보이네요' '…….' '좋아요가 전부가 아니에요' '…그렇습니까.' 큰 위로가 되지 않겠지만 '사진도 수준급이시네요'라고 칭찬하자 조금은 생기를 되찾았다.

그가 돌아가고 나서 동료 두 명에게 이 사건을 전했다. 우리 가게에 대한 글 외에 다른 글도 훑어보니 대부분 임시 보호하고 있는 고양이에 관한 이야기로 이모티콘이 잔뜩 들어간 온정이 느껴지는 계정을 가진 평범하고 좋은 사람이었다. 더 딱해 보여 '우리 세 명의 비공개 계정으로 어떻게든 좋아요 수가 12개가 되도록 해보자'라고 의견을 냈지만 결국 세 명 모두 깜빡하고 말았다. 하지만 그는 포기하지 않고 여전히 우리 가게를 홍보해 주고 있다. 정말 좋은 사람이다. 별명이 '좋9요'가 된 까닭은 설명할 필요도 없다.

SNS에 얽힌 안 좋은 소리를 쓰긴 했지만 가게를 소개해 주는 분들에게는 늘 감사하고 있다. '맛있어요', '또 오고 싶어요'라고 쓴 글을 보면 늘 감사하다. 다들 사진을 잘 찍어서 놀랄 때도 있다. 내가 만든 음식이나 음료가 누군가의 기념이 되는 것을 보면 뿌듯하다. 열심히 만들기를 잘했다 싶다. 손님의 추억을 엿보는 나날이다.

좋아하는 카페를 다른 사람들과 공유하고 싶지 않은 나에게 있어서 SNS는 흥미로운 세상이다. 그저 그 가게에서 보낸 여운을 곱씹기 위해 비망록용으로 사진을 찍어두는 재미와 다르게, 얼굴도 이름도 모르는 사람들과 좋아하는 것을 나눌 수 있다는 재미가 있다. 나의 세계를 누군가에게 보이고 싶은 욕구는 극히 자연스러운 일일 것이다. 하지만 스마트폰 화면에만 매몰되지 말고 가게에서 보내는 시간 자체를 즐겼으면 하는 것은 카페 직원의 무리한 바람일까. 여유롭게 수다를 즐겨도 좋고 책에 빠져 보아도 좋다. 그 곁에서 SNS 정찰대는 오늘도 씩씩하게 순찰을 하면서 비공개 계정으로 좋아요를 누르고 있답니다.

사랑에 빠진 손님들

봄이 왔다. 요즘 가게 안은 스위트피나 튤립 같은 사랑스러운 꽃들로 가득하다. 밸런타인데이와 화이트데이가 막 끝난 시점으로 카페에서 데이트하는 커플을 보고 있자면 좋을 때구나 싶다. 일하는 직원으로서도 '우리 가게를 선택해줬구나'라는 생각이 들어 흐뭇해진다. 차와 대화를 즐기는 사람들도 있고, 책을 자유롭게 읽으며 나름의 좋은 시간을 보내는 사람도 있다. 어느 해인가 밸런타인데이에 단골 부부 중 부인이 먼저 가게에 들러 초콜릿을 옆에 두고 립스틱을 다시 바르며 남편을 기다리는 모습에 심쿵한 적이 있다. 또 고등학생 커플이 교복 데이트 중인 장면을 목격한 적도 있는데 너무나도 풋풋한 그 모습에 엄마 미소가 떠나지 않았다. 요즘 젊은 여자들 사이에서는 투명 스마트폰 케이스에 남자친구의 스티커 사진을 껴놓는 문화가 유행인 듯하다. 못 보는 동안을 기다리지 못할 정도로 애틋한 모양이다. 아름다운 시기네, 하고 미소 짓게 된다.

내가 생각하는 우리 가게의 베스트 커플은 매주 일요일에 와서 똑같이 아침 메뉴를 주문하는 두 사람이다. 조금은 신비로운 분위기의 여자친구와 삼촌처럼 푸근한 이미지의 남자친구는 직원 모두가 좋아하는 손님이다. 둘은 사는 곳이 먼 탓에 옆 동네에 사는 여자친구가 매주 주말마다 우리 카페로 와 데이트하기로 했다고 한다. 이 얼마나 아름다운 랑데부인가. 깨가 쏟아지는 이 커플에게서는 좋은 기운이 풍긴다. 언제나 방긋 웃으며 가게에 들어와 아침 메뉴를 깨끗이 비우고 돌아간다. 계산할 때 나누는 평범한 대화도 즐겁다. 분명 두 사람은 어딜 가든 지금처럼 사랑받는 존재일 것이다.

커플 손님 사이에서 떨떠름한 처지에 놓일 때도 있다. 누가 계산할지 공방전을 벌이는 경우는 종종 마주한다. 계산서를 서로 뺏는 것까지는 좋은데 한쪽에서 전혀 돈을 낼 기미가 없어 보일 때는 마음이 불편해진다. 상대가 내는 것을 당연하게 여기는 태도가 탐탁지 않다. 지갑을 꺼내는 타이밍이 누가 봐도 늦는다거나 금액이 큰 쪽을 남자가 먼저 내고 잔돈을 여자가 냈으면 하는 기색이 보이는데도 그마저도 낼 생각이 없는지 의미 없이 지갑 속 잔돈을 짤랑거리며 옥신각신하는 장면을 볼 때면 정신이 아득해진다. 지켜보는 입장에서는 어느 쪽이든 빨리 계산했으면 할 따름이다. 다른 커플의 지갑 사정에 대해 상관할 바는 아니니 이해하려 하지만 점원이 다 보고 있다는 사실을 알아줬으면 싶기도 하다. 여담이지만 한창 바쁠 때 각자 계산은 안 했으면 좋겠다. 절실하게 부탁하는 바이다.

한 번은 남자친구가 바람둥이 같은 커플에게 음료를 건네다 봐선 안 될 장면을 목격한 적이 있다. 의도치 않게 남자의 스마트폰을 보게 되었는데, 마침 데이트 어플의 좋아요 버튼을 누르고 있었다. 테이블 아래로 여자친구와 손을 맞잡고 있으면서 다른 손으로는 데이트 앱에 열중한 남자친구라니……. 카페 직원에게 수영복 입은 미녀에게 하트를 보내는 순간을 들킬 거라곤 생각도 못했겠지만 나 역시도 그런 장면을 보고 싶지 않았다. 아무것도 모를 여자친구에게 '이런 인간이랑은 당장 헤어져요'라고 말하고 싶은 것을 꾹 참느라 애먹었다.

모두에게 미움받는 부부라는 최악의 별명을 가진 손님도 있다. 카페에는 음료 하나당 한 시간에서 한 시간 반 정도 체류한다는 암묵적인 룰이 있는데, 이 부부는 그것을 아는지 모르는지 혼잡한 주말에 부러 따로 와서 장시간 머무른다. 꽤 오래된 단골이지만 예전부터 미움받고 있다. 이 부부 중 한 명이 오면 계산서에 입장 시간이 표기되도록 한 것은 어쩔 수 없는 방책이었다. 안 그래도 최악인데 가게 안에서 어마어마하게 애정행각을 벌여 사람 속을 또 뒤집는다.

매일 가게에서 함께 시간을 보내기에 당연히 부부일 거라 생각한 아저씨와 아주머니가 있는데, 그 아저씨에게 아내가 따로 있다는 이야기를 들었을 때는 기분이 상당히 묘했다. 아무리 봐도 그냥 친구 사이는 아니었기 때문이다. 아주머니는 아저씨가 오기 전에 꼭 화장을 고치기도 하고 아저씨가 마실 커피에 설탕을 두 숟갈 넣어주며 여자친구처럼 살뜰하게 챙기곤 했다. 이런저런 사정으로 그저 지켜보고만 있었는데 언제부턴가 아주머니의 발길이 뚝 끊겼다. 헤어진 것일까. 어쩐지 타인의 인생을 훔쳐보고 있는 기분이 들었다. 카페에서 일하다 보면 이런 일도 있다.

이처럼 손님들의 사랑 이야기를 제1열에서 관람할 때도 있지만 이쪽이 극의 주인공이 될 때도 있다. 사랑에 빠진 손님을 만날 경우가 그렇다. 그러나 우리는 어디까지나 음식점이기 때문에 직원에게 추파를 던지는 손님을 보면 역겨움을 느낀다. 영화나 드라마에서 곧잘 등장하는 설정이지만 슬프게도 우리 부모님 또래의 남자가 접근하는 경우가 대부분이라 현실은 영화처럼 아름답지만은 않다.

'보'라고 불리는 아저씨가 있었다. 센과 치히로의 행방불명에 나오는 아기 캐릭터인 보와 똑 닮은 외모 때문에 그런 별명이 붙었는데, 보는 오로지 여자 직원을 목표로 가게를 찾는 음흉한 인사였다. 계산할 때 '다음에 같이 한잔하고 싶은데'라며 선배에게 추파를 던지던 그날부터 상종도 하지 않으려고 피해 다녔다. 아무리 쌀쌀맞게 대해도 그는 꿋꿋하게 매일 가게를 찾는다. 신문을 읽는 척하면서 여자 직원을 뚫어지게 보는 행동에 모두 불쾌해했다. 어느 날 보가 가게를 나서다 말고 갑자기 '다들 머리 잘랐어? 남자친구라도 바뀐 건가?!'라고 했다. 누구도 헤어스타일을 바꾸지 않았을뿐더러 남자친구도 바뀌지 않았기 때문에 아무도 상대하지 않았다.

70이나 먹은 할아버지가 일방적으로 '오늘 5시에 퇴근하나? 그럼 역 앞 광장에서 기다릴 테니까 같이 한잔하지 않을래?'라고 동료에게 묻더니, 동료가 대답을 궁리하는 사이에 휙 가버렸다. 나가야 하냐며 상담을 청한 그녀의 얼굴이 흙빛이었다. 그 현장을 목격한 다른 직원 모두가 '안 가도 돼', '할아버지뻘이랑 술집 가서 뭐 해'라고 맞는 말만 내세워 그녀는 결국 나가지 않았는데, 나중에 그 할아버지가 다시 와서는 '왜 안 왔어? 40분이나 기다렸는데'라고 푸념을 늘어놓았다고 한다. 일방적으로 약속을 잡는 것도 모자라 제멋대로 기다려놓고는 불만을 토로하는 것은 대체 무슨 심보일까. 당연히 우리에게는 그 사람의 장단에 맞춰줘야 한다는 의무 따위 없다. 시급이 나오는 것도 아니고, 어디까지나 손님과 직원일 뿐인데 개인적인 시간을 할애해야 할 필요도 없다. 마음이 약해 무르게 구는 사람도 있다. 나는 성격이 나빠서 그 할아버지가 가게에 오면 '40분 기다린 할아버지 왔네!'라고 입이

댓 발 나온다.

앞서 언급한 동료의 안타까운 이야기를 하나 더 하자면, 평소 친하게 지내던 중년 남자 손님에게 생일날 꽃다발을 받은 일이 있었다. 길거리에서 파는 대충 만든 꽃다발이 아니라 프러포즈할 때나 건넬 법한 정성스러운 꽃다발이었다. 그때는 일동 '좋은 사람이네!' 하고 말았는데 약 두 달 뒤 남자는 동료에게 타이츠를 선물했다. 엄밀히 말하자면 마스크와 타이츠였는데, 속이 다 비치는 스타킹 같은 소재로 발목에 큐빅이 박힌 화려한 물건이었다. 보통은 쓸모없는 디자인이었다. 다들 기분 나쁘다며 분위기가 일순 싸해졌다. 친하게 지내는 여자 단골도 소름이 돋는다며 몸을 떨었다. '여자친구한테도 이런 건 선물 안 해', '이걸 그 아저씨가 직접 샀다는 거지?'라고 소름 끼쳐 했다. '타이츠를 선물했다는 건 그걸 신어줬으면 하는 욕망의 발현 아니야?'라고 지적하자 피해자인 동료의 얼굴이 새하얗게 질렸다. 마스크는 야한 비디오를 빌릴 때 일반 영화를 섞는 것과 같은 심리로, 위장용에 불과했을 뿐 의도가 불순했다. 이런 사람은 좀 잡아갔으면 좋겠다.

어째서 이게 통할 거라고 생각한 걸까? 어째서 타

이츠를 선물해도 괜찮다고 여긴 것일까. 정말 붙잡아 놓고 물어보고 싶었다. 독선적인 감정을 우리에게 밀어붙여도 좋을 리 없다. 직원이기 때문에 손님이 하는 말은 뭐든 들어줄 것으로 생각한다면 크나큰 오산이다. 직원이기 전에 한 인간이며, 자기감정과 자유의사를 가진 존재이다. 고작 커피값으로 자신의 욕망을 채우려는 손님이 있다는 사실이 심히 유감스러울 따름이다. 그 사람은 이후 어찌 되었는가 하면, 타이츠 소동으로 격노한 나의 차가운 눈빛과 태도를 견디지 못하고 더 이상 가게에 오지 않게 되었다. 타이츠 아저씨에게는 쌀쌀맞은 태도를 보이는 한편 최애 할아버지에게는 방긋 웃으며 손을 흔들었기 때문에 아마 눈치챘을 것이다. 이 정도로 눈에 보이게 하지 않으면 스스로 깨닫지 못한다.

이것은 아저씨라서 안 된다는 말이 아니다. 아무리 젊고 멋있어도, 혹은 동성이라 할지라도 손님과 직원이라는 관계에서 속옷과 같은 타이츠를 선물하는 건 불쾌함을 불러일으킨다. 일방적으로 술을 마시러 가자고 하는 것도 곤란하기만 하다. 가끔 '내가 밥 한 번 살게'라며 영문 모를 거만한 태도를 보이는 사람도 있는데, 잘 모르는 아저씨가 사주는 고급 요리보다 말 잘 통하는 동료들과 마시는 저렴한 술이 훨씬 맛있는 법이다. 같이 시간을 보내고 싶은 상대는 스스로 결정하고 싶다. 시간은 유한하므로 더더욱 소중하게 쓰고 싶다. 에둘러 거절해서는 '거절'이라는 것을 모른다. 단호한 의사 표현이 필요하다. 대등한 관계라는 사실을 잊어서는 안 된다. 약속을 거절할 권리는 누구에나 있기 때문이다.

회색지대 사람들

무례하거나 민폐인 사람은 출입 금지 시켜도 된다는 것이 카페의 모토이지만 여전히 우리를 피곤하게 하는 손님들은 많다. 출입 금지령으로 비매너인 손님들을 많이 정리했지만, 아직도 석연치 않은 손님이 많다. 가게에 들어서는 모습만 봐도 나도 모르게 한숨 쉬게 되는 사람들이 있다. 문제는 가게 출입을 막을 정도로 큰 죄를 짓지 않았다는 거다. 주의를 주기도 애매한 적도 있어서 차라리 한바탕 난리를 치길 바랄 때도 있다. 아마도 우리 같은 고민을 하는 가게도 많지 않을까.

여느 때와 같던 오후, 홀에서 따닥따닥 하는 소리가 들려왔다. 동료들도 듣고는 모두 소리의 출처를 찾았다. 환풍기가 돌아가는 소리? 에어컨이 고장 난 소리?

수상하게 여기던 와중 홀을 담당하는 동료가 휙 하고 우리 쪽을 쳐다보았다……. 살며시 귓속말로 알려 준 소리의 출처. '손톱이었어' '손톱?' '저 아저씨가 빗으로 손톱을 긁는 소리야' 카운터에서 신문을 보는 아저씨 쪽을 건너보았다. 주의 깊게 보니 확실히 무아지경에 빠져 빗으로 손톱을 긁고 있었다……. 소리의 근원을 찾아낸 것은 좋았으나 전혀 멈출 기미가 보이지 않아서 다들 점점 짜증이 나다 못해 결국 미치기 일보 직전에 놓였다. 신종 고문인가 싶었다. 카운터 자리에 앉은 다른 손님도 그 아저씨를 슬쩍슬쩍 보고 있었다. 독서를 하던 손님은 책이 손에 안 잡히는지 페이지가 전혀 넘어가지 못하고 있었다. 딱하기 그지없었다.

그 아저씨는 분기마다 한 번씩 오는 손님인데, 외모나 주문에 이렇다 할 특징이 없어서 기억하지 못했다가 따닥 소리를 계기로 모두의 뇌리에 새겨졌다. 어쩌면 평소 손버릇으로 악의는 없었을지 모르지만, 그 소리를 듣는 사람은 어마어마한 대미지를 받았으므로 중대한 문제였다. 주의 주면 그만일 일이지만 아저씨에게 '빗으로 손톱 좀 그만 긁으세요'라고 말하는 것도 어쩐지 바보 같아서 영 내키지 않았다. 그렇다고 못된 사람도 아니라 쫓아낼 수도 없다. 결국 빗 아저씨가 오면 가게 BGM의 소리를 키우는 수밖에 없다.

침 발라 지폐를 세는 일은 법으로 금지했으면 좋겠다. 코로나가 유행하기 전부터 신경 쓰이던 일이다. 손가락이 건조한 어르신들은 어쩔 수 없겠지만, 계산대 옆에 떡하니 놓인 손가락 크림을 제발 좀 사용했으면 하는 것은 너무 큰 욕심일까. 같은 이유로 단골이 할짝할짝 손가락에 침을 발라 신문을 넘기는 장면을 볼 때마다 욱하곤 한다. 혈압이 바짝 오른다. '저 인간은 신문을 핥으러 왔나?' 싶을 정도로 끈질기게 침을 바르기 때문에 적당히 좀 했으면 좋겠다. 침 범벅인 신문을 만지기 싫다는 기분과 이런 것까지 주의 줘야 한다는 현타가 뒤엉켜 심경이 복잡해진다. 침 대신 물을 발라도 되지 않을까. 머지않아 인내의 끈이 끊어질 듯하다. 나의 그릇이 작기 때문일까.

얼굴로만 주문하는 손님도 고민거리이다. 물과 물수건을 놓을 때 그저 얼굴을 빤히 쳐다보면서 '내 주문, 알고 있지?'라는 표정으로 압박을 주는 손님이 있다. 내가 알 리가 있나. 물론 단골의 주문을 알고 있을 때도 있지만, 그런 사람들은 어쩌다 한 번 오기 때문에 대부분 모른다. 직원이 손님에게 늘 드시던 거로 괜찮냐고 묻지 않는 이상 '늘'이라는 말은 실례다. 생각해보라, 이쪽은 매일 100명에 가까운 손님을 응대한다. 나처럼 대가 강한 사람은 분명하게 '주문 결정하셨나요?'라고 묻는다. 그러면 겸연쩍은 듯 퉁명스레 주문을 일러주는데, 신입한테는 '내 주문도 모르다니 덜 배웠네'라는 식으로 유치하기 짝이 없게 말하곤 한다. 안타깝게도 음식점에서 거만하게 굴면서 자존심을 챙기는 사람이 많다.

신입을 괴롭히는 손님도 눈에 불을 켜고 지켜본다. 홀에 나가서 주문 받는 신입에게 '늘 먹던 거로' 하는 사람은 특히 이해할 수가 없다. 상상력이 부족한 탓일까. 일을 아직 배우는 중이라 모를 수밖에 없는데 왜 그렇게 말하는지 모르겠다. 신입이 난처해하면 '주방에 있는 선배한테 물어보면 알려줄 거야!'라고 지껄이는 무리도 있다. 두 번 일 하게 되는 것인데 어째서 그렇게 못되게 구는지 묻고 싶다. '천천히 해도 괜찮아요'라고 말해주는 착한 손님도 있는 반면 드라마에 나오는 시어머니처럼 신입을 괴롭히는 사람도 있어 안쓰럽다. 그런 사람들은 분명 너무나도 외롭고 어디에도 마음 둘 곳이 없어 이렇게 작은 카페에서 자기를 인정받는 일에 필사적인, 불쌍한 사람들이라는 생각이 든다. 나는 신입에게 만만하게 보이지 말고 혼자 속앓이하지 말라고 언제나 말한다. 이 아이들을 가르치는 것은 우리 선배들의 몫이다.

앞에서도 여러 번 언급했지만 여자 직원을 보러 오는 남자 손님에게는 정말이지 정이 뚝 떨어진다. 동료들 모두 젊은 나이대인데 그래서인지 끈적하게 보는 시선을 느낄 때가 많다. 출입 금지령을 내릴 정도는 아니라서 그저 팔짱 끼고 지켜보고 있지만 솔직히 말하자면 제발 그러지 말았으면 좋겠다. 보지 말라고 직접 말하고 싶다. 우리가 할 수 있는 일은 담당 구역에서 최대한 떨어진 자리에 앉히는 정도뿐이다. 다들 소극적으로 대처한다. 계산하며 잔돈을 건넬 때 손을 덥석 잡는 아저씨도 있어 역겹다. 그럴 때는 코로나 시국에 도입한 거스름돈 쟁반이 도움이 된다. 나는 상대하기 싫은 사람이 있을 때 유용하게 사용하고 있다. 신입에게도 그렇게 알려주고 있다. 나는 이런 행위를 가벼운 성희롱이라고 부르는데, 어떤 수식어가 붙어도 그 행동들이 성희롱임에는 변함이 없다. 직원을 뚫어지게 쳐다보는 행동은 분명 실례다.

약간 소름 끼치는 에피소드도 있다. 매일 가게를 찾는 오노 할머니는 늘 보행 보조기를 밀며 천천히 고통스러운 듯 걸었는데, 근처 상점가에서 우연히 마주쳤을 때는 보행 보조기에 의지한 채 아주 쌩쌩하게 걷고 있었다. 충격적인 장면이었다. 가게에서는 '미안해요'를 입버릇처럼 말하는 사랑스러운 할머니라 주변 손님들도 곧잘 자리를 양보하기도 하고 길을 터주기도 했는데 모두 위장이었다. 도대체 어떻게 된 일인가. 오노 할머니의 오스카 여우주연상 뺨치는 연기력에 놀라움을 감출 수 없었다. 멀쩡하게 걸을 수 있다는 사실을 알아버린 이상 속이 시커먼 할머니라는 인상을 지울 수 없어서, 아무것도 모르는 손님들이 오노 할머니를 친절하게 대할 때면 착잡한 기분이 든다. 이렇게 뻔뻔하게 살아가는 기술을 지닌 덕분에 오노 할머니는 천수를 누릴 것이다.

정기적으로 떠올라 웃음을 주는 사건이 있는데, 가토 씨라는 오래된 단골의 이야기다. 그는 꽤 오랫동안 콜라를 빨대 없이 마셔온 사람이었다. 성격이 묘하게 음침한 구석이 있어서 역대 직원들이 모두 싫어하는 비운의 중년 남자다. 약간 친해진 직원의 연락처를 묻고는 끊임없이 시답잖은 연락을 하는 인물로, 성가신 사람이니까 번호 알려주지 않는 편이 좋다는 충고를 선배에게 들은 적이 있다. 재난 영화에서 괜히 나서다 초반에 죽는 조연 같은 그 사람은 무심코 빨대를 주면 '아, 나는 빨대 필요 없다니까!'라며 어쩔 수 없다는 듯 군다. 정말이지 너무 열 받는다. 그냥 빨대 좀 쓰라고 속으로 소리친다. 신입이던 후배와 몇 번 마주치더니 '이제 적응은 다 되었나?'라고 물어보는 대담함도 보였다. 그렇지만 그는 80년대 소녀 만화 속 싫지만 신경 쓰이는 그 녀석이 아니라, 어디까지나 재난 영화에서 제일 먼저 죽는 가토 씨일 뿐이었다. 진짜 참을 수가 없었다고 말하던 후배와 빵 터져버린 선배들. '이제 적응은 다 되었나?'라는 대사 따위 나라면 죽었다 깨어도 못할 듯싶다.

이런 가토 씨도 최근에는 가게에 오지 않아 드디어 그 음침함에서 벗어났다고 기뻐했다. 이사나 전근이라도 갔나. 후세에 길이 회자할 명대사를 남겨주어 고맙습니다.

진기한 사건들

우리 가게는 매일같이 사건이 일어나 심심할 틈이 없다. 이미 앞에서 많은 사건을 다루었지만 아직도 할 이야기가 남아 있다. 피식피식 웃음이 새어 나오는 사건부터 경찰을 부르기 일보 직전의 심각한 사건까지 이야기꽃을 피우기에 부족하지 않다.

"저기……, 저는 샌드위치 연구가인데요……."

한창 일을 하던 중에 갑자기 말을 걸어온 손님을 깜짝 놀라 바라보았다. 60살쯤 되어 보이는 여성분이었는데 상당히 진한 화장이 인상 깊었다. 이야기를 들어보니 여러 가게의 샌드위치를 먹으러 다니며 연구 중이라고 했다. 샌드위치 연구가 대체 뭐지? 아리송한 연구가였다. 주문한 햄샌드위치를 내가자 '햄이 너무 얇잖아!'라고 큰 소리로 질타를 날렸다. '햄이 얇은 가게가 대부분이긴 해요'라고 어르듯이 말하더니 '그래도 샌드위치는 이렇게 만들면 안 되지'라며 분노했다. 분노하는 와중에 가게에 대해 욕을 하기도 해서 심사숙고 끝에 쫓아냈다. 샌드위치 연구가는 가게를 떠나며 흘리는 말로 '여기 점원들은 교양이 없네'라는 말을 남겼는데, 최소한의 예의도 없는 사람에게 듣고 싶은 말은 아니었다.

예전부터 '병아리 할아버지'라는 별명을 가진 단골이 있었다. 항상 온몸에 노란색 옷을 휘감고 다니며 아침 시간대에 오는 인물로, 때때로 빨간색으로 색깔을 맞춰 입고 오기도 했다. 의도는 모르겠지만 이미 뜯은 젤리를 준 적도 있다. 어느 날은 할아버지가 '오늘은 수술하러 가'라고 말하길래, 시짱이 '어디 안 좋으세요?'라고 묻자 '내가 의사야' 성을 내며 대답했다고 한다. 병아리 할아버지가 의사였다니. 아무리 봐도 호호 할아버지처럼 보여 정말 수술을 맡겨도 될지 홀로 불안해했던 기억이 난다.

도둑 때문에 골머리를 앓은 적도 있다. 가게 안에서 흡연할 수 있던 시절, 재떨이를 훔치는 아저씨가 있었다. 헤비 스모커가 오지 않도록 일부러 조그마한 재떨이를 두었는데 곧잘 사라지곤 했다. 딱히 비싼 물건도 아니고 평범한 재떨이인데도 그 아저씨는 가게에 올 때마다 재떨이를 훔쳐 갔다. 그래서 '재떨이 털이범'이라는 별명을 붙이고 늘 예의주시하게 되었다. 그런데 일행으로 같이 온 아주머니는 소금 통을 훔치는 것이 아닌가. 무려 도둑 콤비였다. 소금 통까지 훔치는 광경을 목격했을 때는 도저히 참을 수 없어서 마스터의 아내인 유미코 씨가 경찰을 부르겠다고 으름장을 놓았다. 그렇게 소금 통은 돌려받고 아저씨에게는 출입 금지령을 내렸다. 경찰이라는 한 마디의 위력은 실로 대단했다. 별것도 아닌 걸 훔친다며 분노했던 그 날이 잊히지 않는다.

그러고 보니 화병의 꽃을 훔치는 사람도 있었다. 누가 봐도 거동이 수상한 아주머니에게 어쩐지 계속 눈이 가서 지켜보니 꽃을 꺾어 가방에 넣고 있는 것이 아닌가. 재떨이, 소금에 이어 꽃까지. 정말이지 다들 욕망에 충실한 사람들이 아닐 수 없다. 아무리 대상이 꽃이라고 할지라도 범죄는 범죄라 그냥 넘어갈 수 없었다. '도둑이야!'라고 외치던 때마다 나는 꽤 멋있었던 것 같다.

단골손님의 제보로, 자리를 둘러싼 사건도 알게 되었다. 매일 아침 우리 카페를 찾는 할아버지 손님에게는 즐겨 앉는 고정석이 있었다. 어느 날 자리가 꽉 차서 앉을 수 없게 되자, 할아버지는 자기가 좋아하는 자리에 앉아 있던 젊은 커플에게 다가가 '꺼져'라며 쫓아냈다. 점원이 보지 않을 때 벌어진 일이라 당시에 바로 대처할 수 없었지만, 이는 더 생각할 필요도 없는 출입 금지 안건이다. 애초에 이 할아버지는 늘 화가 나 있어 우리도 애먹을 때가 종종 있었다. 그 할아버지는 얼마 안 가 살이 빠져 핼쑥해졌는데 어느 날부터 가게에 오지도 않았다. 우리는 그 할아버지가 돌아가셨으리라 추측하고 있다.

그러고 보니 '지리는 야쿠자 사건'도 있었다. 한때 동네에서 유명한 야쿠자가 부하를 데리고 가게에 오곤 했다. 그 야쿠자가 올 때면 가게 분위기가 얼어붙곤 했는데, 딱히 눈에 띄는 행동은 하지 않아서 어느새 단골이 되어 있었다. 80세 전후로 보이는 야쿠자는 내 냉랭한 대우에 '매정하네. 생리하냐?'라고 성희롱을 하기도 해서 사람을 열 받게 하기도 했다.

그러던 어느 날 아침 출근한 후배가 바닥 청소를 하

다가 묘한 냄새를 맡았다. 냄새의 정체는 밝히지 못한 채 퇴근했고, 이어 출근한 내가 저녁 출근인 선배에게 이 이야기를 전하니 '맞다, 어제 야쿠자가 오줌 지렸어.' 하는 것이 아닌가. 그 장소는 후배가 이상한 냄새를 맡은 자리와 같았다. 이 사건 이후로 야쿠자는 '지리는 야쿠자'라는 불명예스러운 별명으로 불리게 되었다. 그 시기 야쿠자는 부하의 수발이 필요할 정도로 노쇠하여 가게에서 볼 수 없게 되었다. 가지각색의 별명이 있지만 가장 부끄러운 별명이 아닐까 싶다.

지금까지는 손님들의 진기한 사건을 소개했지만, 직원들의 진기한 사건도 무척이나 많다. 우리 가게는 가벼운 식사에도 공을 들여 어떤 메뉴든 아주 맛있다고 자신 있게 말할 수 있다. 정해진 요리법이 있긴 하지만 만드는 사람에 따라 미묘한 차이가 있다. 예를 들어 내가 만든 요리는 대체로 양이 많다. 만들다 보면 내 안에 잠자던 모성애가 눈을 떠 '우리 애 배부르게 먹여야 해'라는 마인드가 되기 때문이다. 그래서 언제나 엄청난 양의 양배추를 찌고 있다. 짠 것을 좋아하는 동료가 만든 달걀 샐러드는 간이 센 데 반해, 담백한 맛을 좋아하는 선배가 만든 로열 밀크티는 색이 연하다. 요리도 어쩜 자기 개성대로인지. 다들 서로의 요리에는 별로 말을 더하지 않기 때문에 틀린 요리법으로 만들 때도 있다. 그렇게 큰일은 아니었지만, 한 번은 어처구니없는 일이 발각된 일이 있다.

예전에 같이 일했던 도모코 씨는 6분 45초 동안 삶아야 하는 스파게티 면을 무려 11분이나 삶았다. 배에 가까운 시간 동안 삶아져서 스파게티 면이 퉁퉁 불어 우동 면이 되지 않았을까 싶다. 여느 때처럼 도모코 씨가 면을 삶고 있었는데, 그날따라 면 삶는 시간을 이상하게 여긴 선배가 타이머를 확인해보다 발각되었다. 도모코 씨를 제외한 모든 사람이 '11분?!'이라고 경악했지만, 정작 당사자는 '아, 그래?'라고 반응하여 모두를 웃겼다. 도모코 씨의 파스타 식감이 어땠을지 지금도 궁금하다.

우리 가게에서 가장 강렬했던 에피소드도 있다. 가게 밖에서 있었던 일인데, 도저히 잊으려야 잊을 수가 없다. 사건이 있던 날은 마스터의 생일이었다. 동료들과 나는 마스터를 위해 고기를 대접하기로 했는데, 본인도 보태겠다는 마스터의 말을 극구 사양하고 전부 우리가 계산했다. 마스터는 내심 기뻤는지 단골 고깃

집의 점원을 보자마자 '오늘은 우리 직원들이 내 생일을 축하해 주려고 왔습니다'라며 자랑을 늘어놓았다. 흥이 잔뜩 올라 시종 즐거워하며 계속 잔을 부딪쳤다. 마스터가 기뻐하는 모습을 보며 역시 밥을 사길 잘했다고 서로 뿌듯한 눈빛을 교환했다. 한창 분위기가 무르익어 갈 때쯤, 고깃집 점원이 센스 있게 생일 축하 메시지를 적은 접시를 내왔다. 초콜릿 펜으로 '해피 버스데이 마스터'라고 쓰여 있었다. 일동 감격에 빠졌다. 감동도 잠시, 지나치게 흥분한 탓이었을까. 마스터는 접시를 얼굴 앞까지 들고는 '좀 부끄럽긴 한데' 하더니 초콜릿을 핥기 시작했다. 모두 뜨악한 얼굴로 마스터를 바라보았다. 마스터 딴에는 초콜릿을 먹지 않으면 실례라고 생각했는지 모를 일이지만, 조금이 아니라 제법 많이 창피해 제발 그러지 말라고 뜯어말리고 싶었다. 엄청난 광경이었다. 만약 내 가게에 온 손님이었다면 신기한 사람이라고 웃음을 터뜨렸을지도 모르겠다.

이렇게 크든 작든 가게에서는 매일 사건이 끊이지 않는다. 그 순간은 힘들지만 지나고 나면 재밌는 이야깃거리로 남기도 한다. 동료와 전날 있었던 일에 대해 수다를 떠는 시간이 정말 즐겁다. 우리는 항상 자극적인 일에 목말라 있었던 것일지도 모른다. 한편, 이 작은 카페에서 일어난 사건들을 떠올릴 때마다 지나온 세월을 실감한다. 먼 훗날 나이를 먹어 할머니가 되어서도 '그때 그런 일이 있었지'라며 지금 이때를 그리워할 것 같다. 이렇게 매일의 즐거움을 발견하는 일도 서비스업의 묘미가 아닐까.

전지적 카페 시점

카페 업계에 몸담고 있는 친구들과 시간 가는 줄 모르고 '카페인들의 애환과 공감' 이야기를 나눌 때가 많다. 다들 카페에 대한 애정이 깊어 함께 다른 좋은 가게들을 탐사하러 다니기도 한다. 우리가 가장 열을 올리는 대화 주제는 바로 진상 손님인데 그 외에도 공감 가는 이야깃거리가 마르지 않는다. 대부분 카페 종사자로서 서로 극히 공감하는 사안들이다.

우선 어느 가게든 점원을 목적으로 오는 사람을 싫어했다. 커피를 마시러 오는 게 아니라 마음에 드는 점원과 대화하러 오는 손님들이 꼭 있었다. 예를 들어 우리 가게엔 매일 두세 번씩 방문하는 호호 할아버지 손님이 있다. 어느 날 할아버지가 말하길, '난 이 가게에서 예쁜 아가씨 보면서 커피 마시는 게 참 좋아'라고 하여 움찔하게 했다. 동기도 음침할뿐더러 감상하듯 쳐다본다는 것도 무례한데 미인이 없으면 오지 않는다는 말은 또 무엇인가. 여러 감정이 속에서 부글부글 끓어올라 도저히 참기 힘들었다. 가게 일을 막 시작했을 때는 이런 일도 있었다. 곧잘 붙임성 좋게 말을 걸어오는 손님이 있어 재밌고 좋은 분이라고 생각했다. 그러나 '마리 씨가 시집가면 더 이상 안 올 거야!'라는 발언을 들은 순간부터 농담으로라도 불쾌하게 느껴졌고, 그 말이 결정타가 되어 이후부터는 눈도 마주치지 않았다. 본인은 칭찬으로 한 말일지 모르지만, 점원의 솔직한 심정을 말하자면 커피 한 잔 시켜 놓고 느글거리는 시선을 보내는 사람이 좋을 리가 없다. 실언하지 않도록 늘 말조심합시다.

학창 시절에 다니던 카페에서 친구가 일하고 있어 깜짝 놀란 적이 있다. 졸업 이후에 알게 된 사이라 그런지 정말 인연이라는 느낌이 강하게 든다. 그 카페는 앤티크한 소품, 약간 어두운 조명으로 좋은 분위기를 연출해 동화 속에 들어온 느낌을 자아낸다. 그리고 그곳에서 일하는 친구는 동물을 정말 사랑한 나머지 벌레도 죽이지 않을 정도로(정말 살려준다) 심성이 착한 천사 같은 사람이다. 하지만 손님을 응대할 때 가끔 악마같이 변하기도 해 웃음을 안겨준다. 가령 싫어하는 손님의 아이스 아메리카노에 부러 얼음은 많이 커피는 적게 넣어 만든다거나 무례한 손님이 있으면 SNS에 '집에나 처박혀 있을 것이지'라고 글을 올리기도 한다. 언제나 하얀 블라우스에 온화한 미소를 만면에 띠는 사람일지라도 이렇게 격변할 수 있다.

한편 좋아하는 손님에게는 슬쩍 더 주게 되는 마음도 어느 가게나 마찬가지였다. 개인 가게라서 가능한 일인데, 좋아하는 손님의 커피는 더 따르거나 샌드위치에 넣을 양상추를 가장 신선하고 아삭한 부분만 고르거나 가장 마음에 드는 컵이나 접시를 사용하는 식이다. 언뜻 별것 아닌 듯 보여도 우리는 최대한 좋은 서비스를 더 제공하려고 한다. 애정은 숨길 수 없는지라 동료들의 모습을 잘 관찰해보면 그들이 어떤 손님을 좋아하는지 확연히 눈에 보인다. 친구 가게에 놀러 갔을 때 '내가 제일 좋아하는 잔이야'라며 꽃무늬 잔에 커피를 내어주어 감동한 적이 있다. 손님에 맞춰 잔을 선택하는 카페도 있는데 이런 재미도 좋은 듯하다.

지금 하는 이야기는 카페에만 국한된 이야기가 아

닐지도 모른다. 물 한 잔만으로 가게에 눌러앉아 있는 사람들의 이야기다. 도대체 창피하지도 않은 것이냐며 곧잘 도마 위에 오른다. 기본적으로 카페에서는 적어도 음료 한 잔 정도는 주문했으면 하는데, 가벼운 식사나 물만으로 자리를 차지하고 있는 사람이 의외로 많다. 유명 카페에서 일하고 있는 친구는 '여기, 물!'이라며 재촉하는 손님들 때문에 스트레스를 받았다고 한다. 음료를 따로 시키라는 의미에서 잔을 작은 사이즈로 두었다는데, 그런데도 뻔뻔하게 물만 마시며 돈을 아끼는 사람도 있는 모양이다. 그러고 보니 친구네 가게에서 벌어진 황당한 사건이 있다. 그 가게는 모닝 토스트가 무한 리필이 가능했는데, 혼자서 무려 24장의 식빵을 먹어 치운 용자가 있었다고 한다. 가게 기둥을 뽑을 생각이었는지 아니면 그저 얼굴에 철판을 깐 사람이었는지 모를 일이지만 부끄러워하거나 남의 눈치를 보지도 않았으니 원래 그런 사람인 것 같다. 양심적인 가게라 리필한 토스트에도 버터와 잼을 주긴 하지만, 24장이면 물릴 법도 하지 않은가? 우리뿐만 아니라 다른 가게에도 재고 털이범이 있기 마련인가 보다. 처음부터 한 사람당 음료 한 잔을 표방

하는 카페가 아니더라도 음료를 주문하는 것이 기본 매너라 할 수 있다. 물 한 잔만으로 자리 차지하는 분들, 점원들이 다 지켜보고 있습니다.

계산에 얽힌 이야기도 정말 많다. 특히나 커플이 계산할 때 잔돈 가지고 끝도 없이 실랑이하는 일에 대해서 모두 시간이 아깝다고 입을 모아 말한다. '누구라도 좋으니까 빨리 냈으면 좋겠다', '계산대 앞에서 안 그랬으면 좋겠다' 하는 의견이 압도적이다. 카페에서 쓰는 금액이야 빤한데 빨리 돈을 내는 편이 현명하지 않을까.

내가 좋아하는 카페는 천 엔 지폐가 부족하다는 벽보를 상시 걸어놔 오천 엔이나 일만 엔 지폐를 받는 것을 에둘러 거절하고 있다. 현명한 방법이다. 월말에는 특히 일만 엔 지폐를 내는 사람이 드문드문 보인다. 정말 미안하다는 듯이 건네는 사람은 정상참작이 되지만, 지갑에 잔돈이 있으면서 굳이 지폐를 내는 손님은 유죄다. 의도치 않게 지갑 안이 보일 때는 그 잔돈으로 내줬으면 했는데…… 라고 생각한다. 대놓고 말은 못 하지만 잔돈을 가지고 다녀 주시면 정말 많은 도움이 됩니다.

손님에게 별명 붙이기는 카페뿐만 아니라 음식점

을 하는 사람이라면 깊이 공감할 것이다. 이름을 모르는 손님에게는 별명을 붙인다. 규동 가게에서는 '파뺀 중자', 정식집에서는 '고등어 된장국 정식 적게' 같은 식으로 보통 주문 방식에 따라 별명을 붙이곤 한다. 우리 가게의 별명은 창의력이 넘친다. 최근 만든 별명으로는 근육이 우락부락한 형님의 경우 '근육형', 하야시 오사무(일본의 입시학원 강사 겸 탤런트-옮긴이)와 똑 닮은 남자의 경우 '선생님' 등이 있다. 본인에게 들키는 것은 시간문제인 아슬아슬한 별명들이다. 별명 없이는 동료들과 소통이 어려울 때가 있어 막 단골이 된 초반에 지어두는 게 좋다. 여담이지만 단골에게 '늘 드시는 거로 하시겠어요?'라고 먼저 물어보면 모두 꽤 기쁜 눈치다. 한편 '어서 오세요'가 '안녕하세요'로 바뀌었다면 직원들에게 사랑받고 있다는 증거로 봐도 무방하다.

카페에서 사랑받는 사람이라면 분명 어디서든 귀한 손님일 것이다. 우리 카페인들은 손님들이 좋은 하루를 보낼 수 있도록 맛있는 커피와 음식을 준비하며 기다리고 있다. 좋은 손님과 함께라면 서비스를 제공하는 사람도 즐거울 따름이다.

카페 기행

카페에서 일하고 나서부터 다른 카페에 가는 횟수가 부쩍 늘었다. 커피라면 일하는 가게에서 마시면 되지 않냐고 생각할 수도 있지만 그건 뭘 모르는 말이다. 나는 커피보다 공간을 음미하고 싶다. 그래서 이집 저집 다양한 카페를 돌아다니곤 한다. 겉보기에 비슷한 가게일지라도 고객층, 마스터의 성격, 서비스 등에서 사소한 차이와 새로운 발견이 있다. 나는 손님보다는 수집가에 가까울지도 모른다. 예를 들어 취향에 맞는 가게가 아니더라도 아쉬운 감정보다는 새로운 가게를 개척했다는 희열이 더 크다. 잡지, 방송, SNS에 소개된 인기 있는 가게도 멋있지만, 오픈했는지 모를 정도로 조용한 가게도 좋다. 가령 전자와 후자가 같은 입지에 있다면 나는 조용한 가게 쪽으로 돌진할 것이다. 언제 없어질지 모르기 때문이다. 그런 가게에 들어가면 한가로이 TV를 보고 있던 주인이 깜짝 놀라 '저희는 커피와 홍차밖에 없어요'라며 서둘러 자리를 안내해 준다. 젊은 사람이 오는 일이 드문지 그대로 수다 삼매경에 빠질 때도 있다.

카페를 찾아 나서는 탐험과 같다. 구글 지도 리뷰가 한 건도 없을 것 같은 가게에 돌진할 때는 매우 두근두근한다. 가게 주인이 엄청 무서운 사람이면 어떡하지, 요리가 너무 맛이 없으면 어떡하지. 일말의 불안을 느끼기도 하지만 호기심을 이기지는 못한다. 불안이 현실이 될 때도 있지만 그것대로 경험이기 때문에 문제 되지 않는다.

카페 탐험의 가장 큰 즐거움은 별난 마스터가 있는 가게에서 경험할 수 있다. 카페 천국인 나고야에는 천장에서 카페오레를 따라주는 가게가 있는데, 너무나 유명한 가게라서 검색하면 바로 나온다. 오사카와 나고야에 사는 친구들에게 꼭 가보고 싶다고 간절하게 졸라서 함께 그 카페에 방문했다. 직원이 안내하길, 마스터가 있을 때 카페오레를 주문하면 사다리를 타고 올라가 천장에서 커피를 따라준다고 했다. 어째서 그런 기행을 하는지 이해가 되지 않았지만 재미있어 보여서 무척 기대되었다.

가게에 들어섰을 때 마스터로 짐작되는 사람이 보이지 않아 아쉬웠는데, 잠시 후 구석에서 체크무늬 셔츠를 입은 아버지뻘의 인물이 나오길래 마스터라고 확신했다. 수많은 메뉴 중에서 카페오레에 체크하니 '마스터가 피곤하면 서비스는 불가능합니다'라고 흐릿하게 쓰인 문구가 눈에 들어왔다. 오늘이 그 엄청 피곤한 날이면 어떡하지…… 라는 불안이 엄습했지만 일단 카페오레를 주문했다. 카페오레 말고도 커피 플로트와 파르페도 주문했는데 다 먹고 정리할 때쯤 커다란 접이식 사다리를 든 마스터가 우리 테이블에 나타났다.

정말이지 희한한 광경이었다. 접이식 사다리를 든 마스터가 우리 앞에 떡하니 서서는 '자네들 어디서 왔는가?'라고 상냥하게 물어왔다. 도쿄, 나고야, 오사카에서 왔다고 하자 조금 기쁜 눈치였다. 참 매력 넘치는 사람이었다. 여기까지도 좋았는데 고대하던 카페오레 따르기는 말이 필요 없는 장관이었다. 먼저 커피 잔과 받침 담당, 동영상 촬영 담당, 사진 찍기 담당을 마스터가 정해준다. 커피를 받는 사람이 사다리 아래에서 대기하고 있으면, 마스터가 사다리 위에서 그 사람이 들고 있는 컵에 카페오레를 붓는다. 사진과 동영상을 찍을 위치도 세세하게 정해준다. 이윽고 '자, 간다…… 시작!'이라는 소리와 함께 천장에서 커피와 우유가 쏟아진다. 받는 사람은 커피와 우유를 흘리지 않기 위해 필사적이다. 마스터로서는 좋은 구도로 찍히길 원하는지 동영상과 사진 담당에게도 단호하게 '더 위로!!!', '좋아, 거기!!!'라고 지시를 내린다.

받침에 흘러넘친 카페오레와 3월 초순임에도 땀을 삘삘 흘리고 있는 우리. 이것은 일종의 놀이기구에 가까웠다. 숨 돌릴 틈도 없이 촬영은 계속되었다. 세 명 모두 각각의 역할에 충실해야 했다. 이 얼마나 요란스러운 광경인가. 마지막엔 마스터의 지시로 모두 사다리에 올라가 사진을 찍었다. 그 사진은 볼 때마다 웃기다. 더 웃긴 사실은 어렵사리 카페오레를 마실 때쯤에는 조금 식어 있었다는 거다. 일행 모두 녹초가 되어 가게를 나온 시점에서 이곳은 더 이상 카페가 아니었다. 하지만 또 가고 싶은 재밌는 곳이었다.

내가 평소 좋아하는 카페는 생화가 장식되어 있

고 점원과의 거리감이 적당한(앞에서 언급한 카페처럼 지나치게 가까워도 재밌긴 하지만), 너무 시끄럽지도 너무 조용하지도 않은 곳이다. 설탕이 담긴 용기가 귀여우면 더욱 좋다. 한편 혼자 가고 싶은 가게가 있는가 하면, 누군가와 함께 방문하고 싶은 가게도 있다. 집과 활동 반경 내에 몇 군데 '즐겨 찾는' 가게를 만들면 어렵지 않게 기분 전환할 수 있다. 자의식 과잉이라 '너무 자주 가서 점원이 기억하면 어떡하지'라고 걱정해 혼자서는 쑥스러워 가고 싶어도 가지 못하는 가게도 있다. 좋아하는 카페에 가서 돈을 써야 의미가 있다는 것을 알지만, 혹시라도 누가 되지 않을까 긴장하는 탓에 정작 마음 편하게 여유를 즐기지 못하는 지경에 이르렀다. 스스로 생각하기에도 이상하기 그지없지만, 그 정도로 '좋은 손님'이 되고 싶은 마음이다.

좋은 손님이란 어떤 손님일까 종종 생각하곤 한다. 이용 매너에 관해 이야기하자면 가벼운 식사만이 아니라 제대로 음료도 주문하고, 체류 시간은 한 시간에서 한 시간 반이거나 그 이상 머물 때는 음료를 추가하고, 장시간 노트북 사용은 하지 않고, 큰 소리로 대화하지 않는 것이 아닐까. 가게에 따라서는 가게 내

촬영 금지나 노트북 사용 불가인 경우도 있어서, 매너를 지키지 않는 손님들이 걱정된다면 처음부터 금지 사항을 정해두는 것도 하나의 방법이다. 가게에는 각각 나름의 규칙이 있으므로 나와 궁합이 잘 맞는 가게를 찾는 것이 중요하다. 가게마다 정해진 룰을 지키는 것도 중요하지만, 다른 손님까지 배려하는 사람이 '좋은 손님'이 아닐까 생각한다. 이는 직원으로서도 마찬가지다. 카페를 찾는 사람들이 이와 같다면 모두 기분 좋게 시간을 보낼 수 있을 것이다.

카페에서 보내는 시간은 별일 아닌 것처럼 보여도 나에게는 특별하다. 비일상의 세계로 나를 데려가 준다. 일로 지쳤을 때, 글이 써지지 않을 때, 혼자 있고 싶지만 사람의 기척은 느끼고 싶을 때 나는 카페를 찾는다. 카페는 그런 나를 언제나 반겨준다. 그저 멍 때리기에도 참 좋고, 독서에 빠지기에도 참 좋다. 스스로에게 주는 이 소소한 포상은 마음을 풍요롭게 한다. 이 책을 읽는 당신에게도 편히 있을 자신만의 장소가 있기를 바란다.

특별한 손님

카페에서 일하고 있노라면 친구들이 날 보러 올 때 가장 신이 난다. 좀처럼 서로 일정이 맞지 않더라도 가게로 와주면 얼굴 보고 대화할 수 있어서 확실히 기분전환이 된다. 한 번은 친구가 가게로 놀러 왔을 때 마침 손님과 거하게 대거리를 하고 있어 '진짜 손님한테 화내는구나'라는 감상을 들은 적도 있다. 정말 화내고말고. 그저 손님이었던 사람과 정이 들어 친구처럼 수다를 떨기도 한다. 좋은 가게를 추천해주기도 하고, 일에 대한 푸념도 들어주기도 하며 적당한 거리감을 가지고 대하는 것이 가능하다. 참 좋은 관계다.

직업이 일러스트레이터인 손님이 있는데, 굉장히 과묵한 인상이라 3년 동안이나 아예 말도 못 붙여 보았다. 그러다 어느 날을 기점으로 갑자기 사이가 가까워졌다. 내 집필 활동을 들키고 만 것이다. 나카시마 씨는 술집을 좋아해서 매일같이 방문하곤 하는데, 어느 선술집에서 우리 가게 사람을 만나 의기투합했다고 한다. 그때 어디서 들었는지 '거기 가게에 글 쓰는 사람 있지 않아요?'라고 물었더랬다. 하필 단골인 나카시마 씨가 이 글을 읽었다는 사실에 아연했지만 재밌다고 말해주어 일단은 안심했다. 그는 좋은 손님으로 우리에게 매우 소중한 존재였다. 말 거는 것을 좋아하지 않는 사람이라 잘못 말 걸었다가 행여라도 더 이상 가게에 오지 않을까 걱정이 앞서 늘 말 걸기 어려웠는데, 이 사건으로 완전히 벽이 사라져 곧잘 이야기 나누는 사이가 되었다. 나카시마 씨에겐 모처럼 가게에 와서는 15분 만에 집으로 돌아가기도 하고 커피는 조금 남기면서 바나나 주스는 1분 만에 다 마시는, 약간 특이한 구석이 있다. 큼직한 물건을 정기적으로 두고 가기도 하는 빈틈 많은 손님이다. 어떤 때는 시짱이 나카시마 씨를 쫓아 분실물을 들고 300미터 정도 뛰어가기도 한다. 시짱은 오늘도 달린다.

나카시마 씨와는 손님들에 대해서도 자주 이야기한

다. 손님 이야기라 하면, 이런 사람이 있더라, 이건 정말 싫더라 등 의식의 흐름대로 하는 이야기가 대부분인데 언제나 공감하며 들어줘서 고마울 따름이다. 손님들도 안 보는 척하면서 다 보고 있었나 보다. 우리가 싫다고 생각하는 부분은 나카시마 씨도 같이 불쾌해했는데, 그런 의미에서 나카시마 씨는 가게 사람들의 아군이자 손님들의 거울이라고도 할 수 있겠다. 하지만 그에게 가끔 위화감을 느낄 때도 있다. 내가 싫어하는 손님의 간식을 거절하는 모습을 우연히 목격한 적이 있는데, 그 냉랭했던 분위기를 후일 '놀이기구 탄 것 같이 스릴 있던데'라고 평했다. 좋아하는 손님 앞에서 못 볼 꼴을 보였다고 생각하면서도 싫은 것은 싫은 터라 어쩔 수 없다. 그래서 싫어하는 할아버지가 적선하듯 건네는 딸기에 화가 났던 순간이었다고 잔뜩 열을 올리며 말했는데, 이 일은 지금까지도 두고두고 이야깃거리가 되고 있다. 나카시마 씨는 부부 금실의 비결이나 좋은 술집을 알려주곤 하는데 바나나 주스를 1분 만에 마시는 방법에 대해서는 아직 듣지 못했다. 나카시마 씨, 언제나 우리 가게를 찾아주셔서 감사합니다.

나카시마 씨 말고도 나에게는 특별한 손님이 또 있다. 조금 신기한 인연의 사람이다. 그녀와는 2년 전에 처음 만났다. 당시 나는 동인지 즉석 판매회에서 주로 활동하며 자체 제작한 동인지를 팔았다. 상업적인 활동은 거의 하지 않던 때였다. 어느 여름날, 작가인 지인의 제안으로 서점에서 중고책 한 상자 시장(가게 앞 공간을 빌려 한 사람당 한 상자 분량의 중고 책을 판매하는 일본 전국에서 이뤄지는 이벤트-옮긴이)에 참가하게 되었다. 중고 책만 보내고 있었는데, 처음 보는 여자분이 말을 걸어왔다. '보쿠노 마리 씨 맞나요?'라고 묻는 떨리는 목소리에서 그녀의 긴장감이 고스란히 전해졌다. 나도 낯을 많이 가리는 탓에 잔뜩 굳어서 그렇다고 작은 목소리로 대답했다. 그러자 '이거, 괜찮다면 받아주세요.'라며 꽃다발을 내밀었다. 나는 방을 꽃으로 꾸미는 취미가 있을 정도로 꽃을 좋아해서 순간 심쿵했다. '편지도 들어 있어요'라고 상기된 목소리로 말하던 그녀는 곧 울 것만 같았다. 이야기를 들어보니 전부터 내가 참여했던 합동지(다수의 작가 혹은 다수의 모임에서 인쇄비를 모아 제작하는 동인지-옮긴이)를 읽고 팬이 되었다고 했다. 지금 일하는 카페를 주제로 썼는데, 그녀가 혹시…하며 우리 가게 이름을 언급했다. '정말 좋아해서 10년째 다니는 가게예요, 거기서 일하고 계셨군요.'라며 놀라워했는데, 나 또한 몇 년이나 스치기만 했다는 사실에 놀랐다. 공교롭게도 나의 근무 시간과 그녀의 방문 시간이 한 번도 맞지 않았던 듯하여 '처음 뵙겠습니다'라고 인사를 했다. 나는 그녀를 요코짱이라고 부른다.

그날 이후 SNS 친구도 맺고 가게에서도 만나기도 했다. 내가 살갑게 인사를 건네자 베테랑 선배가 '저 분이랑 아는 사이야?'라며 놀랐다. 작가 활동하는 곳에서 알게 되었다고 설명하자 '옛날부터 다니는 단골이야'라고 흐뭇한 미소로 말했다. 학생 시절부터 우리 가게를 다녔다는 그녀는 아주 만취한 채로 가게에 온 적도 있다고 했다. 요코짱에게 그런 모습도 있다니. 하지만 무엇보다 그녀가 역대 직원들이 좋아하는 손님이라는 사실에 어쩐지 뿌듯함을 느꼈다.

요코짱은 세 살 위의 회사원이다. 사우나를 좋아하고 작가로서 기사도 쓴다. 좋아하는 것에 전력을 쏟으며 살고 있는데, 그런 그녀의 일상을 SNS로 엿보는 것은 나의 소소한 즐거움이다. 요코짱은 독서도 좋아한다. 감정의 결이 비슷해서 서로 책을 추천하고 빌려주기도 한다. 마스터가 요코짱을 마음에 들어 해서 함께 술자리를 가진 적도 있다. 모두에게 사랑받는 그녀, 그 사실에 내가 다 기쁘다.

기운이 없는 나를 살피러 요코짱이 가게에 온 적도 있다. 일기인지 어딘가에 푸념을 잔뜩 적었는데, 마침 그 일기를 주웠다고 했다. 가게에 온 요코짱의 얼굴을 보자마자 긴장이 풀려 조금 울고 싶어졌던 기억이 난다. 쉬는 시간에 그녀가 이야기를 들어주었는데, 친언니처럼 든든했다. 다른 사람들에게는 별로 하고 싶지 않은 이야기도 요코짱에겐 말할 수 있었다. 먹음직스러운 무 요리를 만드는 방법이나 닭고기로 만든 후쿠오카 요리인 가메니(요코짱과 나의 고향은 규슈다)의 비법을 알려주기도 하고 생활에 도움이 되는 지식도 전수해 준다. 작가와 팬이면서 점원과 손님이기도 하고 친구이기도 하다. 우리의 관계에 분명한 이름을 붙일 수는 없지만 이 가게가 이어준 신기한 인연임은 틀림없다. 요코짱도 우울할 때면 부디 우리 가게에 들러줬으면 좋겠다. 마음에 안정을 주는 대접이 가능하도록 실력을 갈고닦으며 기다리고 있을게요. 늘 고마워요.

주방은 전쟁터

샌드위치를 자르며 울어본 적이 있는가? 지금 하려는 이야기는 주방을 무대로 한다. 신입 시절, 선배의 친절한 설명을 들으며 주방의 업무를 익혀나갔는데 정말 너무 힘들고 혼란스러워서 나도 모르게 눈물을 찔끔 흘렸다. 지금은 그때처럼 울지는 않지만 울고 싶은 날은 더러 있다.

음식점 대다수가 비슷하겠지만 우리 가게는 맨 처음 주문 접수, 계산, 뒷정리 등의 홀 업무부터 담당한다. 홀 업무가 익숙해지면 요리나 음료를 만드는 주방 일도 맡게 된다. 카페의 조리라고 하면 간단할 것으로 생각하기 쉽지만, 메뉴는 많은데 일하는 인원이 적은 경우엔 상당히 바지런히 움직여야 한다. 우리 가게가 그러하다. 주문이 밀리면 머릿속이 뒤죽박죽 꼬이기 시작한다. 가장 효율이 좋은 방법을 익힐 때까지는 힘든 시간을 보내야만 한다. 멀티태스킹은 기본이다. 카페의 하루하루는 여유나 우아와 거리가 먼 고된 수행의 연속이다.

우리는 가게가 작아서 주방의 규모도 작다. 좁은 공간에서 음식을 조리하고 식자재를 보관해야 하므로 많은 고민이 필요하다. 물을 끓이고, 채소를 자르고, 스파게티 면이나 달걀을 삶는다. 항상 모든 일은 동시에 진행되며, 동시에 무언가를 만들거나 재료를 준비하지 않으면 시간을 맞출 수 없다. 스파게티나 볶음밥을 조리하면서 커피를 내리고, 샌드위치를 자르고, 크림소다를 만든다. 속도가 생명이면서 품질도 완벽해야 하므로 데커레이션에도 열과 성을 다한다. 샐러드를 수북하게 담는다거나(나는 식물원을 떠올리며 만든다) 동그란 레몬 슬라이스를 가장 예쁘게 보이는 위치에 올린다. 만드는 사람에 따라 스타일이 다른 점은 애교로 봐주시길. 서로에게 익숙해진 지금은 척 보기만 해도 누가 만든 것인지 안다. 채소를 자르는 방법에서도 각자의 개성이 묻어난다. 피망이 두껍거나 얇거나 하는 식으로 꽤 차이가 있다. 주문 받은 음식을 만드는 단계에서 양의 차이가 생기지 않도록 조절한다. 마스터가 자른 샌드위치를 보아하니 샌드위치를 자르는 방식조차 아무래도 제각각인 모양이다.

게다가 주방에서 쓰는 주전자나 절구통의 무게가 꽤 나가다 보니 기본적으로 힘이 많이 들어간다. 허리에 무리가 오기도 하고 오른팔과 왼팔의 근육 모양새가 완전히 달라지기도 한다. 매일 업무로 갈고닦은 순발력과 근력 덕분인지 희한하게 나는 오락실의 악어 잡기(두더지 잡기와 비슷한 방식으로, 구멍에서 나온 악어를 때리는 아케이드 게임-옮긴이)의 달인이 되었다.

앞서 말했듯이 우리 가게는 주방이 좁고 적은 인원으로 운영되기 때문에 한 번에 만들 수 있는 양에 한계가 있다. 바쁜 탓에 주문이 쌓여 있을 때는 손님에게 기다려달라고 양해를 구하고 차근히 주문 순서대로 만들 수밖에 없다. 기다린다고 해도 기껏해야 20분 정도니 그조차 기다릴 수 없을 만큼 급한 분들께는 다른 가게를 권한다. 열심히 만들고 있으니 시간 좀 주세요.

한창 바쁠 때 마스터가 참전하면 상황은 더 엉망이 된다. 가게 주인이면서 가장 허둥대는 사람이 바로 우리 마스터다. 먼저 엄청난 기세로 설거지를 하다 가끔 잔도 깨주고, 싱크대 주변에 물난리를 만들고는 주문을 도와준다. 크림소다를 크소라고 멋대로 줄이고는 '크소, 총 6개!!'라고 주문을 전달한다. 연휴 동안 정신없이 바빴을 때는 시럽 통의 뚜껑이 사라진 일로 '뚜껑이! 뚜껑이 없어졌어요!'라고 야단법석을 떨어 카운터 자리에 앉은 손님이 웃음을 터뜨린 일도 있다. '아아, 더는 무리야…….'라는 비통한 목소리가 어디선가 아련하게 들려오기도 한다. 마스터조차도 우는 소리를 내는 곳이 바로 우리 가게다.

한 번은 이런 일도 있었다. 정말 정중한 성격의 단골인 하타케야마 씨는 정신없이 붐비는 가게가 걱정됐는지 '저……, 혹시 실례가 아니라면 추가한 토스트를 가져가도 될까요?'라고 물어서 박장대소한 적이 있다. 정중하다고 할지 섬세하다고 할지, 어깨를 두드리며 그거야 당연하죠! 라고 말해주고 싶었다. 손님조차도 걱정할 정도로 주문이 계속 들어오는 주방은 그야말로 아수라장이다. 하타케야마 씨는 다리가 불편한 어르신을 위해 일부러 자리에서 일어나 가게 문을 열어주기도 하는 심성 고운 사람이다. 그가 주문한 나폴

리탄에 건더기를 듬뿍 넣어주곤 한다.

극히 드문 일이지만 가게 오픈 타임에 같이 일할 동료가 늦잠을 자버릴 때가 있다. 그럴 때면 혼자서 홀과 주방 업무를 모두 소화해야 한다. 나도 몇 번인가 경험한 적이 있는데 정말 고되고 힘들었다. 특히 주말은 가게 문을 열자마자 만석이 되는 일이 많아서 그런 날에 혼자 일하는 비극이 때때로 찾아온다. 그럴 때면 평소 친한 단골이 '오늘은 혼자야?'라고 묻기도 하고 다른 손님도 걱정 어린 눈빛을 보낸다. 손님들 모두 착한 사람들이라 별말 없이 그저 기다려주어서 늘 고맙다. 그뿐만 아니라 혼자 가게를 보는 직원을 위해 발휘되는 단골들의 센스가 굉장하다. 직원에게 부담이 없는 타이밍을 노리다 다 같이 계산을 청한다. 무언가를 만들고 있거나 커피를 내리고 있을 때가 아니라 설거지가 끝난 순간에 계산을 부탁한다는 목소리가 들려온다. 말을 나눠보진 않았지만 매일 마주치는 얼굴들이 서로 짠 것처럼 계산대 앞에 줄을 서 있다. 이런 장면을 보면 입가에 흐뭇한 미소가 걸린다. 덕분에 효율적으로 일하고, 한계에 다다르지 않고 일을 마무리할 수 있다. 위기의 순간에도 웃음을 안겨줘 고마울 따름이다.

내 팔에는 상처가 무수히 많다. 지금도 계속 새로 생겨나고 있다. 주방이라는 전쟁터에서 얻은 상처들이다. 화상이나 자상은 일상다반사다. 바로 얼마 전에도 주전자가 뿜은 수증기에 화상을 입었다. 주방에는 위험 요소가 가득하다. 잘 벼린 칼부터 뜨거운 오븐, 화력이 센 화구까지. 매일 한 명 이상 상처를 입는다. 화구에 올려둔 프라이팬에 불이 붙는 경우가 있는데, 처음 겪었을 땐 세상이 망한 것 같은 기분이었다. 젖은 행주를 슬쩍 얹으면 금방 잠잠해지지만 식당용 화구의 위력이란 무시할 수 없다. 돌발 상황에 우왕좌왕하다 보면 칼에 손가락을 베이기도 하고 뜨거운 물을 발에 쏟을 때도 있다. 특히 위험한 것은 뜨거운 기름인데 화상을 입으면 바로 병원으로 가야 한다.

반소매 옷을 입고 있으면 '그 상처는 어쩌다 생긴 거야?'라는 질문을 자주 받는다. 딱히 신경 쓰지 않지만, 확실히 예쁘다고 하기는 어려운 팔이다. 한 번은 생판 모르는 할머니에게 시집가기는 글렀다는 말을 들은 적이 있는데, 그냥 무시하고 말았지만 마음의 상처로 남아 문득문득 그 말이 떠오른다. 그래도 동료들이 '마리짱 팔 사진 찍어두고 싶어. 완전 멋있어!'라고 말해준 어느 순간에 이깟 상처쯤이야, 생각하게 되었다. 역시 예쁘지 않아도 괜찮다.

졸업

울먹이는 소리가 욕실에 울려 퍼진다. 눈물이 멈추지 않는다. 이렇게 울어본 게 얼마 만인지. 울어도 소용없는 걸 알면서도 슬픔에 잠긴 내가 있다.

좋아하는 선배인 에이코 씨에게서 가게를 졸업하기로 했다는 메시지를 받았을 때 나는 그대로 굳어버렸다. 믿을 수 없다고 해야 할지 믿고 싶지 않다고 해야 할지, 하여간 현실을 받아들이지 못한 채 패닉 상태에 빠졌다. 여기가 너무 좋아서 오래 눌러앉게 되었다는 에이코 씨는 지난 10년 동안 우리 가게에서 일했다. 오랫동안 함께 해왔기 때문에 앞으로도 계속 함께일 것이라고 여겼다. 아직 시간은 좀 남았지만 나에게는 먼저 말해두고 싶었다는 말에도 선뜻 기뻐할 수 없었다. 그렇군요! 많이 보고 싶을 거예요, 그동안 고생 많으셨습니다. 짐짓 어른스러운 후배인 척했지만 실은 너무너무 싫었다. 그만둬도 잘 부탁한다는 고마운 당부도 덧붙였다. 가끔 개인적으로 식사를 같이한 적도 있는데 더 이상 함께 일하지 못한다는 사실은 아무리 생각해도 충격적이라 눈물이 멈추지 않았다. 그날은 울다 지쳐 잠들었다. 지금까지 몇 명이나 가게를 졸업했지만 울 정도로 충격을 받은 적은 없었다. 가게에 막 들어와 업무를 배우던 날, 둘이서 혼이 쏙 빠질 정도로 바쁘게 일했던 날, 수다 떨다 주문을 깜빡했던 날, 여러 추억이 물밀듯이 밀려들었다. 유난 떤다고 할지 모르겠지만 에이코 씨는 나에게 특별한 존재였다.

에이코 씨와 나는 닮았다. 내 입으로 닮았다고 하려니 조금 부끄럽긴 하다. 에이코 씨는 세련되고 온화한 사람으로 겉보기에는 나와 닮은 구석이라곤 전혀 없어 보이지만 웃음 코드나 취향이 모두 똑같다. 처음 같이 일하게 되었을 때부터 성격이 잘 맞는다는 게 이런 건가 생각했다. 서로 무엇을 말하고 싶은지, 무엇을 말하지 않았는지도 알 것 같은 느낌이었다. 그런 탓에 근무 중 수다를 멈출 수 없어 일에 전혀 집중할 수 없었던 적도 종종 있었다. 에이코 씨는 어쨌든 정말 착하고 이야기도 잘 들어주며, 어떤 이야기를 해도 부정하는 법이 없는 사람이다. 그 편안함에 언제나 기대왔다.

4년 동안 일주일에 한 번은 일하는 시간이 겹쳤다. 그 시간이 정말 좋아서 아무리 피곤해도 나에게는 힐링 그 자체였다. 일하러 오면서 둘 다 과자를 가져와 티타임을 빙자해 자주 차를 함께 즐겼다. 에이코 씨는 재스민 차를 좋아해서 일이 일단락되면 '재스민 차 우렸는데 같이 마실래?'라고 물어오곤 했다. 재스민 차를 우리는 동안 퍼지는 향긋한 향과 평온하게 시간이 흐르던 그 순간을 잊을 수 없다. 에이코 씨는 이야기꾼이라 재밌는 이야기를 많이 알고 있었다. 그녀는 사람의 이야기를 잘 들어주는 사람이기도 했지만 말하는 사람으로서도 개성 있어 자주 숨이 넘어가게 웃곤 했다. 그 웃음소리에 깜짝 놀란 손님의 눈총을 받은 적이 몇 번인가 있었다. 어떤 이야기였냐면, 수업을 땡땡이치고 친구와 시소를 타던 에이코 씨는 문득 지금 갑자기 뛰어내리면 어떻게 될까, 라는 의문이 떠올라 그대로 시소에서 뛰어내렸다. 그 반동으로 튀어 오른 시소가 얼굴을 강타하는 바람에 곧바로 병원으로

실려 갔다는 이야기였다. 나는 이 이야기를 듣고 눈물이 날 정도로 웃었다. 당연히 초등학생 시절 이야기라고 생각해서 '몇 학년 때 일이에요?'라고 물으니 '중3 때'라는 대답이 돌아와 내심 놀랐다. 과거야 이랬어도 나보다 다섯 살 많은 그녀는 친언니 같은 존재였다.

나는 집필 활동을 가게의 누구에게도 알리지 않았다. 지금은 숨기지 않고 읽고 싶으면 얼마든지 읽으세요, 라는 마인드이지만 처음에는 비밀로 하고 싶었다. 2018년 5월 나는 문학프리마켓 도쿄에 참가했다. 문학프리마켓이란 동인지 즉석 판매회다. 글을 쓰고 싶다는 일념 하나로 동인지를 만들고 에세이를 썼다. 이걸 계기로 출판사에서 연락이 왔고 상업지에 에세이나 칼럼을 기고하게 되었다. 처음 '글을 쓰면 좋겠어'라는 말을 들었을 때의 떨림을 어제의 일처럼 기억한다. 그 말만 되새기며 들뜬 마음으로 지냈으나 꿈에 그리던 일이 현실이 되었어도 나를 아는 사람에게는 말하지 않았다. 개인적인 이야기를 담은 작품을 공개하는 것이 두려웠다. 심장이 차게 식는 느낌이었다. 글쓰기는 가족에게도 친구에게도 말할 수 없는 나만의 위안이라고 여겼다.

그런 생각을 하던 즈음, 에이코 씨와 함께 놀 기회가 있었다. 동네에서 중화요리를 먹으면서 이야기를 나누던 중 문득 이 사람에게는 털어놓고 싶다는 생각이 마음 깊은 곳에서 솟아올랐다. 타이밍을 몇 번이나 엿보다가 '실은 나, 글 쓰고 있어.'라고 떨리는 목소리로 말을 꺼냈다. 말을 잇는 동안 눈물이 날 것 같았지만 '취미가 업이 될 것 같아'라고 간신히 가슴 깊이 묻어둔 이야기를 할 수 있었다. '진짜 대단하다, 축하해!' 라고 말하는 에이코 씨의 눈이 반짝이고 있어 또 울컥했다. 작품을 보여준 후에 받은 감상이 적힌 편지는 지금도 소중하게 간직하고 있다.

바쁘거나 마음의 여유가 없을 때, 언제나 에이코 씨를 떠올린다. 신입 시절, 실수해도 화내지 않고 상냥하게 알려주던 모습, 귀찮은 주문이 계속되어도 싫은 내색 하나 없이 마이 페이스대로 주문을 준비하던 모습, 진상 손님이 와도 별난 사람이라며 의연하게 넘기던 모습. 단단하고 강한 마음은 친절에서 비롯되는 법이다. 에이코 씨는 많은 것을 내게 알려주었다. 이렇게 존경해 마지않는 에이코 씨는 지금 화가로 활약하고 있다.

에이코 씨 외에도 한 명, 내가 존경하는 사람이 있다. 선배인 마키 씨다. 나보다 한 살 많은 마키 씨는 냉미녀 스타일인데 천연덕스러운 면이 있어 반전 매력이 있는 사람이다. 그녀는 우리 가게의 대들보라고 해도 과언이 아닐 정도로 일을 잘해서 마스터나 동료들뿐만 아니라 손님들에게도 두터운 신임을 받고 있다. 요리와 커피도 마키 씨가 만들면 최고급이라 가게 사람으로서 자부심을 느낀다. 그중에서도 마키 씨가 만드는 코코아가 일품인데 추운 계절이 되면 자주 부탁하곤 한다. 진한 카카오 향기를 풍기는 코코아는 꽁꽁 언 몸을 포근히 녹인다.

마키 씨는 낯을 많이 가린다. 처음에는 나를 싫어하나 싶었는데 마음을 열고 나서는 빠르게 친해졌다. 추천 영화, 최근 산 화장품, 연애 상담, 마르지 않는 대화 주제로 몇 시간이고 수다를 떨었다. 개인적으로도 같이 많이 놀러 다녔다. 퇴근 후에 한잔하러 가기도 하고, 같이 밥을 먹거나 전시를 보러 가기도 하며 친구처럼 어울렸다. 마키 씨와는 일로 만나 한 주의 대부분을 함께 보내는데도 이렇게 사이가 좋다. 다른 동료들과 함께 놀 기회도 많아서 즐거운 기억을 잔뜩 만들었다.

가게에 대한 마키 씨의 마음은 한결같았다. 아무리 주문이 많이 쌓여 있어도 외관과 맛, 둘 중 어느 것도 놓치는 법 없이 빠르게 만들어낸다. 가게를 언제나 청결히 유지하기 위해 꼼꼼하게 청소하고, 모두가 꺼리는 일을 솔선수범해서 하기도 한다. 단골에 대한 융숭한 대접도 잊지 않는다. 정말 성실하고 열심히 해서 종종 마스터로 손님에게 오해받기도 한다. 매주 배달되는 가게 안의 꽃을 꽃병에 꽂아 관리하는 일도 마키 씨의 소관이었다. 미적 감각이 좋은 그녀에게 적역이었다. 그 꽃은 손님과 점원들의 마음을 어루만져 주었다. 나는 마키 씨가 꽃을 다듬는 모습을 좋아해서 일하는 도중에 넋을 놓고 바라보기도 했다.

마키 씨는 다른 사람에게 일을 시키는 경우가 거의 없었다. 대개 혼자서 묵묵히 해낸다. 참 배울 점이 많은 사람이다. 나도 그녀를 본받아 싱크대나 창을 닦기도 했다. 청소는 마스터 담당이지만 여유 있을 때는 우리들의 손으로 가게를 깨끗이 했다. 마키 씨의 일솜씨는 정말 혀를 내두를 정도로 대단해서 카운터 자리에 앉은 손님들 모두 눈을 떼지 못한다. 나는 그녀의 오른팔이 되고 싶었다.

그런 마키 씨도 이 가게를 졸업했다. 6년 동안 근무했기 때문에 할 만큼 했다고 생각한다. 마키 씨는 모두에게 사랑받는 존재였기 때문에 마지막 근무에는 인연이 있는 많은 사람이 찾아와 그녀의 새 출발을 축복하고 응원했다. 나도 손님으로 가게를 방문해 마키 씨의 씩씩한 마지막 모습을 눈에 담았다. 즐거운 듯 일하는 마키 씨를 보고 있자니 그간 참 많은 일이 있었구나 싶었다. 마키 씨가 없는 주말을 상상하는 것만으로도 벌써 힘들었지만, 그것보다도 다시는 함께 일할 수 없다는 사실에 슬픔이 파도처럼 덮쳐왔다. 겨울이 되어도 맛있는 코코아를 더 이상 마실 수 없다. 함께 장난치며 노는 것도 할 수 없다. 하지만 일상은 계속된다.

이 책이 완성될 때쯤 마키 씨는 새로운 직장에서 일하고 있을 것이다. 의리 있는 마키 씨라면 분명 내 책을 사서 읽으리라 생각한다. 집필 활동을 언제나 응원해준 것도 마키 씨였다. 그녀의 다정함에 마음이 따뜻해지곤 했다. 빈자리가 쓸쓸하긴 하지만, 마키 씨에게는 마키 씨의 인생이 있다. 부디 이 가게에서 얻은 빛

나는 추억만은 잊지 않았으면 좋겠다. 지금 바통이 넘겨지고 있다. 내가 만든 코코아는 역시 너무 달다.

인생의 갈림길

한때 나는 회사를 다녔다. 아주 먼 옛날 일처럼 느껴지지만 불과 몇 해 전 일이다. 대학 졸업 후 2년간 일하다 몸도 마음도 너덜너덜해진 채 그만두었다. 그리고 머지않아 일하게 된 곳이 바로 지금의 가게다.

도쿄에 있는 사립대학을 다니던 나는 4학년이 되어서도 주위 사람들처럼 취업 준비에 전념하지 않았다. 지금 생각해보면 채용 설명회 정도는 가도 괜찮았을 텐데, 싶지만 그조차도 하지 않았다. 무엇을 하고 싶은지 몰랐고 어떤 직업을 갖고 싶은지 몰랐다. 이런 고민을 말하지 못하는 성격이라 아무한테도 털어놓지 못한 채 혼자 끙끙댔다. 될 대로 되라는 식의 성격도 한몫해서 친구들 사이에서는 취업 준비를 그만두었다는 소문이 돌기도 했다. 사실은 그렇지 않았다. 일하고 싶었으며 하고 싶은 일을 찾고 싶은 마음도 있었다. 하지만 책과 음악을 좋아하던 나는 어느 쪽도 포기하지 못했다. 그러는 동안 제한 시간은 서서히 끝나갔다. 일단 취직하고 보자는 생각으로 여성 속옷 제조사의 면접을 봤다. 그냥저냥 본 면접이었는데 결과는 합격이었다. 면접을 본 회사가 이곳뿐인, 어이없는 취업이었다.

그 회사를 고른 이유 중 하나는 대기업이기 때문이었다. 지금 생각하면 정말 바보 같은 이유인데 당시에는 절실했다. 누구나 아는 회사에서 일하면 누구도 무시하지 못할 것이라는 막연한 기대가 있었고, 실제로도 그랬다. 취직한 회사를 알게 된 동기들은 대단하다며 나를 추켜세웠고 부모님은 안심했다. 그리고 이걸로 됐다고 생각하는 내가 있었다. 평범한 인생을 걸어가는 것이 나도 주변도 행복한 일이라고 믿었다. 설령 그것을 위해 좋아하는 것들을 포기해야 하더라도 말이다.

엄격한 연수 기간을 거친 뒤 나는 매장에 나갔다. 이제 막 배운 업무 지식과 익숙하지 않은 손님맞이에 허둥지둥 파란만장한 나날을 보냈다. 입사한 지 6개월 만에 점장이 되었고 늘 이른 출근과 야근을 반복했다. 원래 성실한 성격인 걸지도 모르겠다. 높은 실적을 달성해야 한다는 사명감만으로 몇 시간이고 일했다. 눈앞의 실적을 쌓는 것뿐만 아니라 상사의 기대에 부응하기 위해 필사적이었다. 결과가 전부인 세계였다. 자나 깨나 어떻게 목표 예산을 뛰어넘는 매출을 올릴지에 대한 생각뿐이었다. 그쯤부터 정신적으로 지치는 일이 많아지기 시작했다. 동종 업계의 다른 회사로부터 괴롭힘 당하고 거래처로부터 성희롱도 끊이지 않았다. 지금 생각해보면 젊고 여자란 이유로 그런 상황에 놓였던 것 같다. 점장이라고는 하지만 실적을 올리면 시샘을 받았고, 거래처의 아저씨들은 성적인 질문을 하거나 사적인 식사를 집요하게 요구했다. 정말 난처했다. 고객의 불합리한 민원도 견뎌야 했다. 되받아치고 싶은 마음도 불쑥불쑥 솟았지만 나는 브랜드를 대표하는 사람이었다. 어쭙잖은 대응은 할 수 없었다. 마음에도 없는 '죄송합니다'를 되풀이하며 괴물 같은 고객에게 머리를 숙이느라 바빴다.

나만 참으면 된다고 생각했다. 사회인이라면 이 정도는 당연하다고도 생각했다. 이렇게 버티며 어른이 되는 것이라고, 언젠가 이 고통에 익숙해지리라고, 그렇게 믿는 수밖에 없었다. 서서히 병들고 있다는 걸 눈치채지 못한 채 계속해서 일했다. 여느 때처럼 출근하던 어느 날, 사람들로 가득한 지하철에서 갑자기 눈물을 쏟았다. 머릿속은 텅 비어 있는데 눈물이 멈추지 않고 계속 흘렀다. 마음이 비명을 지르고 있었다.

입사하고 1년이 지났을 무렵부터 몸에 변화가 생겼다. 생리를 하지 않게 되었다. 만성적인 피로는 느끼고 있었지만 눈에 보이는 증상으로 나타나니 무서웠다. 병원에 갈 시간도 없어 그냥 지나치는 날이 계속되었다. 다른 사람에게 쉬이 말할 수 있는 고민도 아니었기 때문에 혼자서 계속 불안에 떨었다. 결국 밤에 잠을 이룰 수 없게 되었다. 이전까지는 지쳐서 기절하듯 잠들었는데 언제부턴가 아무리 피곤해도 잠들지 못해 고통 받았다. 자기 위해 집중하다 보면 더욱 잠들지 못하는 악순환에 빠졌다. 정신 차렸을 땐 이미 하늘이 밝아 오고 있어 몇 번이나 절망했는지 모른다. 피로가 가시지 않은 몸을 채찍질하며 일했다. 몸도 마음도 너덜너덜해질 수밖에 없었다.

회사 구내식당에서 잠깐 쉬는 동안 '잠드는 약'을

인터넷에서 찾아보았다. 몸이 한계에 다다른 상태였다. 당시에는 약기법(2014년에 시행된 약품 취급에 관한 일본의 법률-옮긴이)도 엄격하지 않아서 해외의 수면유도제를 손쉽게 구입할 수 있었다. 그렇게 산 파란색 약은 먹으면 잠이 쏟아졌다. 오랜만에 11시간이나 잘 수 있었다. 죽은 듯이 잠들 수 있다는 사실에 감동하여 그 약에 사로잡히고 말았다. 효능을 찾아보니 신경안정제로도 사용된다고 하여 업무 중에 몰래 먹기도 했다. 나의 만능 부적이었다.

원래도 술을 좋아하긴 했지만, 일로 인한 스트레스가 극에 달하자 주량이 매일 늘어갔다. 매일 화풀이에 가깝게 술을 들이붓고는 속이 쓰려 괴로워하며 출근했다. 멀쩡한 정신으로는 도저히 버틸 수가 없어 항상 취해 있고 싶었다. 늘 가던 술집에서 혼자 잔을 비우고 있었는데 잔에 눈물이 퐁 떨어졌고 그 순간 한계에 다다랐다는 것을 깨달았다. 버티지 않고 당장 정신건강의학과의 문을 두드렸고 나하고는 무관하다고 여겨왔던 병명을 진단받았다. 이제 그만하자, 다 그만둬버리자. 바로 사표를 제출했다. 회사에서는 이유를 물으며 만류했지만 마지막까지 진짜 이유는 말하지 않았다. 스스로가 너무 비참하게 느껴졌다. 친한 손님과 작별 인사하며 헤어지기는 힘들었지만 마지막 출근을 끝내고 돌아오자마자 하이힐을 버렸다. 여러 사람의 얼굴이 주마등처럼 빙글빙글 머릿속에 맴돌았다. 막상 그만두고 나니 병에 걸린 백수라는 사실밖에 남지 않았다. 그 사실이 몸서리치게 한심해서 어디론가 사라지고 싶었다.

이후에는 조증 상태였다. 이직할 곳을 찾지도 않고 백수인 채로 비행기, 기차, 버스를 타고 일본 전역을 여행했다. 한없이 자유로웠다. 발 닿는 대로 떠나고 마음 가는 대로 떠돌며 술에 취해 잠들었다. 24살의 봄, 나는 현실로부터 계속 도망치고 있었다. 교토의 가모가와 강에서 맥주를 마시던 어느 날 밤, 인제 그만 스스로를 용서하자고 마음먹고 도쿄로 돌아가기로 했다.

일단 뭐가 됐든 일을 해야만 했다. 담배 피우러 들어간 카페 입구에 직원을 구한다는 벽보가 붙어 있었다. 주저주저하면서 구직 사이트를 열었다. 솔직히 일을 척척 해낼 정도의 기력이 없었다. 큰 기대는 없어서 당분간 입에 풀칠할 수 있는 일이면 되었다. 난 어떤 일을 하고 싶은 걸까. 모르겠어. 뭘 할 수 있지? 몰라. 카페 직원, 모집……. 벽보에 달린 전화번호를 떼어 집에 돌아오자마자 전화를 걸었다. 정말 충동적인 행동이었지만 바로 마스터와 연결되어 면접 날짜를 잡았다. 그날 막 벽보를 붙인 참이었다던 마스터는 놀라워했다. 지금 생각해보면 다 이어질 연이었나 싶다.

면접은 하여간 길었다. 2시간 반 정도 걸렸던 것 같다. 공들여 쓴 이력서는 별로 보지도 않았다. 할 수 있는 일이나 경험 유무 따위도 묻지 않았다. 내가 어떤 사람인지 묻기보다는 마스터의 가게에 대한 태도나 생각을 설명했고, 그 생각에 동의하는지가 관건이었다. 이 가게에서 일하기 위해서는 친절함과 배려가 필요하지, 일은 못 해도 된다고 말할 때는 충격을 받았다. 도덕 수업이 떠올랐다. 친절함과 배려라는 눈에 보이지 않는 것으로 사람의 가치를 매기기는 어렵지만 그것들이 없으면 일은 성립하지 않고, 일이 즐겁지 않으면 일의 의미가 없다는 것이 마스터의 지론이었다. 나는 '당신이라면 할 수 있어요'라는 한 마디에 그곳에서 일해야겠다고 결심했다.

그저 가벼운 마음으로 시작한 일이 벌써 5년째다.

시간 참 빠르다. 이 책을 만드는 것으로 이 직장이, 이 일이, 나와 잘 맞는다는 걸 증명할 수 있겠다. 지금은 카페에서 일하며 글도 쓰고 있다. 만약 이 가게에서 일하지 않았다면, 자주 생각해 본다. 지금처럼 당당하게 살지 못하고 어디선가 혼자 눈물을 삼키고 있었을지도 모른다. 틀린 것을 틀렸다고 말하는 용기조차 가질 수 없었을지도 모른다. 나는 변했고, 변할 수 있었다. 수없이 싸웠고, 싸울 수 있었다. 상상하던 미래는 아니었지만 내가 살아갈 길을 드디어 발견했다.

CLOSED

흔들리지 않는 신념의 카페

아침 7시, 오픈을 앞둔 가게 안에서 원고를 쓰고 있다. 조용한 가게, 차분히 가라앉은 공기, 황매화 꽃봉오리. 신록이 싹트는, 가장 좋아하는 계절을 이 가게에서 몇 번째 맞이하고 있다. 아무도 없는 가게의 카운터에 앉아 이곳에서 일어난 여러 사건을 떠올려 본다. 카페의 일이라고 하면 흔히 한가할 것으로 생각하기 십상이지만 우리 가게는 확실히 일이 많아서 처음에는 현실과 이상의 괴리에 깜짝 놀랐다.

나는 아침 시간 담당으로, 가게의 문을 여는 것으로 업무를 시작한다. 아침 메뉴용 달걀을 대량으로 삶고 물수건 보관함의 전원을 켠다. 납품된 빵과 우유를 정해진 위치에 놓은 뒤 샐러드를 만들고 물을 준비한다. 가게 청소를 마치면 조간신문을 스테이플러로 찍어둔다. 잠이 덜 깬 시간이지만 5년이나 하다 보니 로봇처럼 몸이 저절로 움직인다.

공휴일이나 일요일은 오픈 5분 전부터 문 앞에서 기다리는 사람도 있다. 코믹 마켓(만화나 동인지 등의 대규모 즉석 판매 모임으로 많은 만화 팬들이 모인다-옮긴이) 같은 풍경을 자아낸다. 문을 여는 순간 가장 좋아하는 자리로 돌진하는 손님들을 볼 때면 실례지만 연말의 마쿠하리 멧세(연말연시 카운트다운이나 코믹 마켓 등을 개최하는 대형 전시장-옮긴이)가 떠오른다. 그 정도로 대단한 광경이다.

빵이 구워지는 고소한 향기, 어마어마한 회전율, 좋아하는 손님 한정 아침 인사. 단골손님이 많은 시간대이기 때문에 얼굴을 보면 바로 요리를 시작한다. 마쓰이 씨라는 어머니 연배의 여자 손님과 나누는 수다가 기다려지는 시간이기도 하다. 언제나 우리 직원들의 하소연이나 고민을 들어주시는 든든한 아군이다. 아침에 그녀의 얼굴을 보면 언제나 안도감이 든다. 마쓰이 씨는 가게가 바쁘거나 불쾌한 일이 있을 때면 맛있는 빵을 사다 주곤 하는데, 이런 마음 씀씀이를 닮고 싶은 따뜻하고 좋은 사람이다. 정신없는 아침에 단골 손님끼리 싸우는 장면을 맞닥뜨릴 때도 있는데 모른 척 방관한다. 하나하나 다 신경 쓸 수 없기 때문에 이럴 때는 그냥 놔둔다. 우리 가게는 이런 가게다.

아침 메뉴를 내는 동시에 점심 한창때를 위해서 재료들의 재고를 보충해둔다. 스파게티 면을 삶거나 샌드위치 빵에 겨자가 들어간 마요네즈를 바른다. 여유가 있으면 그쯤 화병의 물도 갈아준다. 카페 일과는 조금 동떨어진 업무일지도 모르지만 나는 이 업무가 참 좋다. 꽃으로 계절이 주는 행복을 누리면서, 이 화병을 어떤 테이블에 두면 좋을지 고민한다. 꽃은 주에 한번 단골 꽃집에서 배달해 준다. 미적 감각이 좋은 선배가 꽃병에 나눠 예쁘게 꽂아둔다.

점심 땐 간단한 식사류가 나가기 때문에 조금 바빠진다. 음식을 만들면서 음료도 만들어야 하는 멀티태스킹이 처음에는 적응하기 너무 힘들었다. 익숙해진 지금이야 밀린 주문을 해치우는 동시에 재고 보충도 할 수 있게 되었지만, 스파게티 7인분이라는 무자비한 주문이 들어올 때는 1분 정도 절망에 빠진다. 절망의 시간이 끝나면 '시간 좀 걸려요'라고 외친 다음 차분하게 요리를 만들기 시작한다. 가끔 10분도 못 기다리는 사람이 있는데, 그런 사람은 카페와 맞지 않으므로 패스트푸드 가게에 갈 것을 권한다. 점심시간이 끝나면 손님이 조금 줄어들어 수다 타임을 가질 수 있다. 어제 이런 손님이 왔다든가, 남자친구가 집안일을 안 한다거나, 다음에 저 가게에 같이 가자는 둥 하여간 이야기가 끊이지 않는다. 떠드는 소리가 시끄럽다고 손님에게 주의를 들을 정도다. 그럴 때는 시짱이 '우리가 조용히 해야 할 정도로 중요한 대화인가요?! 그런 얘기라면 집에 가서 하세요!!!'라고 주방에서 적반하장으로 소리쳐 참 즐겁다. 손님들이 간식을 주기도 하는데 그러면 차까지 곁들여 야무지게 먹는다. 달콤한 간식은 언제나 대환영이다.

다음날 사용할 우유와 빵을 도매업자에게 발주하고 저녁이 되면 저녁 시간 담당과 교대한다. 업무를 인수인계하고 퇴근한다. 저녁 시간 담당은 스파게티 소스나 케이크의 밑 작업, 쓰레기 버리기, 싱크대와 화구 주변 청소, 마지막 뒷정리를 한다. 달걀이나 설탕 등의 장보기도 이 시간에 이루어진다. 이 재료들은 무게가 꽤 나가서 근력 증진에 도움이 된다. 밤 시간대의 차분한 분위기도 묘미다. 가끔 손님으로 가게를 찾는데, 이때는 술도 마실 수 있어서 참 좋다. 나는 출근 전뿐만 아니라 퇴근 후에도 가게에서 종종 원고를 쓰기도 하는데 모두와 수다를 떨다가 진도가 전혀 나가지 못하는 경우가 왕왕 있다. 하지만 사람과 만나기 힘든 코로나 시국에는 이렇게라도 누군가와 이야기 나눌 수 있다는 사실이 참 감사하다. 사회적 거리두기 기간에 그다지 외롭지 않았던 것도 아마 서비스업의 특권일지 모른다.

평일은 이런 느낌으로 흘러가지만 주말이나 공휴일은 전쟁이다. 끊이지 않는 주문, 점점 쌓이는 설거지, 부족한 재고, 손님들의 행렬. 수다를 떨 여유조차 없을 때도 있다. 일단 필사적으로 만들고 나르고 정리하는 일을 무한 반복한다. 이럴 때는 시간도 순식간에 지나가서 정신 차려 보면 퇴근 시간이다. 너무 바쁘면 실수도 있기 마련인데 그럴 때는 서로 돕는다. 일손이 부족하면 마스터와 아내인 유미코 씨가 참전하는데 75세에 접어든 두 사람에게는 상당한 중노동일 것이다. 하지만 기운차게 열심히 일하는 모습을 보면 자영업자는 늙지 않는다는 가설이 내 안에서 부상한다. 실제로 두 사람이 컨디션이 좋지 않다고 하는 것을 거의 본 적이 없어서 자영업자의 건장함을 실감한다. 마스터가 평상시 하는 근력 단련 운동도 한몫하는 것일지도.

업무 내용은 대체로 이렇다. 평일에도 바쁠 때는 무척 바빠서, 손님 유입에 관한 이렇다 할 공식은 없다. 카페 업무는 확실히 체력이 있어야 하는 일이다. 실제로 나는 일을 시작하고 나서 살이 많이 빠졌는데 동료들 모두 마찬가지다. 먹기 좋아하는 사람이 많은데도 다들 살이 빠진 것을 보면 상당한 에너지 소모가 필요하긴 한 모양이다.

한 곳에서 오래 일하는 편이 아닌 내가 이 카페에서 5년이나 일할 수 있었던 건 규정에 얽매이지 않는 자유로움 덕분이 아닐까. 만약 이 가게가 수다도 금지하고 불쾌한 손님에게 굽신거려야 하고 동료들 간 괴롭힘이 있는, 따라야 할 규칙이 많은 가게였다면 일찌감치 그만뒀을 것이다. 이 가게에서는 있는 그대로의 나로 있을 수 있기에 편안함을 느낀다. 처음에는 깜짝 놀랄 일도 많았지만, 투쟁을 거듭하며 지금은 두려운 것 없는 사람이 되었다. 그리고 이 가게는 유쾌하고 즐거운 사건이 일어나는 기운이 강력하게 흐르는 곳이다. 내가 적은 모든 사건이 전부 실제로 일어난 일이기 때문이다. 정말 있는 그대로의 사실만을 썼다. 물론 이런 가게는 가고 싶지 않다는 감상을 발견하기도 한다. 그 의견을 부정하지 않는다. 모두에게 인정받을 수 없다는 것도 익히 알고 있으며, 맞지 않는다면 오지 않는 편이 서로에게 좋을 것이다. 안심·안정이 1순위인 체인점에 가면 된다. 여기는 개인이 하는 카페이다.

우리 가게엔 흔히들 말하는 상식은 없지만 양식은 있다. 좋은 손님에게는 최상의 서비스를 제공하기 위한 목적으로, 손님들이 편안하게 머물 수 있도록 매너가 부족한 사람들은 쫓아내왔다. 머물고 싶은 공간을 지키기 위해서는 싸움도 필요하다. 그것은 제삼자가 보기에는 유쾌하고 즐거워 보일 수도 있고 전혀 서비스업 같지 않다며 미간을 찌푸릴 수도 있다. 사실 출입 금지령을 내리는 일에는 상당한 체력과 기력이 소모된다. 20대 여자라는 이유로 얕보일 때가 많은 우리는 항의의 목소리를 내는 것만으로도 시건방지다는 둥 직원의 기본이 안 되어 있다는 둥 공격받기에 십상이다. 인터넷에 자기 좋을 대로 글을 쓰거나 심할 때는 무시당하기도 한다. 그런데도 계속 싸울 수 있는 이유는 스스로와 함께 일하는 동료를 지키기 위해서라면 얼마든지 강해질 수 있기 때문이다.

이 세상은 살짝 맛이 갔다. 유감스럽게도 이것은 팩트다. 하지만 그래서 어떤 주장도 하지 않고, 이상한 사람들에게 휘둘리며 일할 텐가. 점원이라는 이유로 손님의 아랫사람 노릇을 자처할 것인가. 하늘 같은 손님이기 때문에 무엇을 요구해도 괜찮은 것일까. 여자인데다 어리기 때문에 만만하게 보여도 어쩔 수 없는 일이라고 받아들일 텐가. 나는 매일 매일 생각한다. 이 작은 카페에서 일하면서 스스로 묻고 답해보았다. 잘못된 일에 잘못되었다고 말하지 못하는 유약함은 나중에 자기 자신을 괴롭힌다. 상대가 어떤 사람이라도 모두 동등한 존재라는 것, 싫은 감정에 솔직할 것. 이처럼 너무도 당연한 이치를 겨우 깨달은 덕분에 매너가 부족한 사람들에게 출입 금지령을 내리는 일이 가능했다. 가게에도 손님을 고를 권리는 있다. 우리의 의견이 비난받고 반박당할지라도 우리는 침묵하지 않을 것이다.

사회적 통념에서 한참 벗어난 이 가게에서 발견한 것은 꺾이지 않는 마음과 진실한 친절이다. 불쾌한 일에 역성을 들며 자신을 소중히 하는 법을 배웠다. 많은 사람과 관계 맺는 과정 속에서 다양한 친절의 형태를 경험했다. 나를 죽이지 않고 자유롭게 살아가도 좋다는 당연한 사실을 우리는 곧잘 잊어버린다. 그래서 나는 글을 쓴다. 출입 금지령을 내리는 것만으로는 부족하기 때문이다. 이 자리를 빌려 더욱 목청을 키워 보통 카페 직원의 입장에서 말한다. 이 요상한 세상이 조금이라도 더 나은 곳이 되길 바라는 염원을 담아 글을 적어 내려간다. 인생은 어떻게 굴러갈지 모르기 때문에 나도 언제가 이 가게를 그만둘 날이 올 것이다. 그렇지만 이 가게에서 일했던 나날을 떠올리면 나답게, 꿋꿋하게 살아갈 용기가 생길 것만 같다. 그런 생각이 들게 하는 소중한 장소를 만난 기적을 곱씹어본다.

마지막으로 나의 이야기가 일하는 모든 사람에게 용기를 줄 수 있기를 바란다. 모두가 자기 자신답게 살아갈 수 있기를. 만약 인연이 닿는다면 우리도 손님과 직원으로서 만날 수도 있겠지요. 어서 오세요. 사람들의 마음을 흔드는, 흔들리지 않는 신념의 카페에!

상식이 결여된 카페

초판 1쇄 발행 2022년 11월 30일

지은이 보쿠노 마리
옮긴이 김수정
펴낸이 서재필
책임편집 김현서

펴낸곳 마인드빌딩
출판등록 2018년 1월 11일 제395-2018-000009호
전화 02)3153-1330
이메일 mindbuilders@naver.com

ISBN 979-11-90015-94-3 (03830)
• 책값은 뒤표지에 있습니다.
• 잘못된 책은 구입하신 곳에서 바꿔드립니다.

마인드빌딩에서는 여러분의 투고 원고를 기다리고 있습니다. 출판하고 싶은 원고가 있는 분은 mindbuilders@naver.com으로 기획 의도와 간단한 개요를 연락처와 함께 보내주시기 바랍니다.